EL NACIMIENTO DEL ÚLTIMO FÉNIX

V.G GONZÁLEZ

Título: El nacimiento del último Fénix
Autoras: Valeria González Bermúdez y Gloria I. González Agosto
Primera edición 2019
Segunda edición 2020
Diseño de portada: Oliviaprodesing
Diagramación: V.G. González por Vellum

ISBN: 9781095328248
Copyright: TXu 2-142-283
®Por, Gloria I. González Agosto y Valeria A. González Bermudez (2019)

❀ Creado con Vellum

ACERCA DEL AUTOR

Gloria I. González Agosto
Nació en Bayamón, Puerto Rico en el 1978. Tecnóloga Médica de profesión a quien siempre le ha encantado crear cuentos, música y poesías. *"El escudero del rey"* fue su primera novela publicada. Cuenta con dos libros adicionales en wattpad: *"Amanecer sobre el horizonte"* y *"Mi esencia"*, un libro de poesías. Actualmente sigue ejerciendo su profesión en uno de los principales hospitales de su país, mientras continua creando historias en alas de la imaginación.

Valeria A. González Bermúdez
Nació en Bayamón, Puerto Rico en el 1985. Esposa y madre de dos pre-adolecentes. Amante de la lectura, la música, cocina y de los animales. Una mujer muy dinámica y cuenta con dos carreras en adición al de madre a tiempo completo. Le encanta remontarse en alas de la imaginación y crear historias fantásticas, siendo ésta saga su primer trabajo publicado. Actualmente se dedica al cuido de sus abuelos y a crear fantasía para el disfrute de toda mente jóven y corazón amante de la aventura.

Gracias a Dios, a la vida, a la tierra y el sol. Gracias a las personas que llegan a nuestra existencia y nos enseñan día a día los secretos de la vida. Con amor a nuestra familia quienes nos impulsan a lograr nuestros sueños.

V.G GONZÁLEZ

EL DESPERTAR

*S*e divisaba una guerra sangrienta por aire y tierra que teñía el panorama de fuego y desolación. Dragones y ángeles se enfrascaban en una lucha violenta. También veía criaturas que solo aparecen en cuentos de hadas. Sangre, gritos, flechas que surcaban el cielo en todas direcciones hiriendo de igual manera a ambos bandos. Sentía un dolor desgarrador en su corazón, cuando ante ella se irguió una figura de alas enormes quien también fue alcanzado por una de las flechas. Veneno se iba dispersando por todo su cuerpo como una enfermedad causándole un fuerte dolor que lo hacía gritar. Ella comenzó a sentir un fuego en su interior, como la lava de un volcán a punto de erupción. Su piel se erizó y los mechones rosados de su cabello rubio comenzaron a emanar un brillo intenso. Sus ojos se transformaban de un color verde a un púrpura cuando oyó pasos tras ella. Al levantar la mirada, un manto negro se abalanzó cubriéndola.

Sabrina despertó sudorosa y respirando de una manera agitada. Se levantó para verse al espejo y notó su cabello empapado en sudor. Tratando de despertarse y quizá despejar la tensión por aquella pesadilla, se estrujaba el rostro con las manos. Sus ojos aún se observaban con su característico color verde, el color de la esperanza, algo que había comenzado a perder por su maldición. ¿Hasta cuándo más podría contener esa maldición reflejada en sus ojos?

—Otra vez esta maldita pesadilla. ¡Cálmate Sabrina! No puedes perder el control —nuevamente imágenes fugaces aparecieron en su mente. Un accidente, unas criaturas grotescas luchando con una niña y una mujer a quien recordaba como su tía—. Sarah... Nada de esto tiene sentido, ¿me estaré volviendo loca?

—¡Sabrina cariño! Mathew llegó, baja —gritó su tía Clara.

—De acuerdo ya bajo tía, Gracias.

Era la tarde de un viernes en la cafetería de Clara y Sam Stevenson, los tíos adoptivos de Sabrina. Una pareja afroamericana de un carácter dulce y alegre. Se habían hecho cargo de Sabrina y Amy, su hermana mayor, cuando su tutora legal Sarah había muerto.

Ya habían pasado horas desde que Sabrina y Mathew estaban estudiando sentados en una mesa. Ya era hora de cerrar la tienda y la hermana mayor buscaba las llaves para cerrar la puerta de la cafetería. Mathew no prestaba atención pues observaba detenidamente a Amy. Su esbelta figura y cabello de seda negro se movían al compás de su caminar. Ella miró de reojo a Mathew con sus increíbles ojos color zafiro lo que provocó en él un suspiro de impotencia. Amy, la hermana mayor, actuaba como una mujer madura a pesar de su edad. Su larga cabellera negra siempre la lucia suelta y sus ojos se enmarcaban tras unos lentes claros dándole un aire sofisticado y a su vez de sensualidad. Su altura la hacía ver como una modelo y por todo eso Mathew había quedado rendido ante ella desde la primera vez que la vio en la secundaria.

—¡Concéntrate! —gritó Sabrina tirándole la libreta.

—Con ella en escena es casi imposible para mí —suspiró haciendo caer su cabeza sobre su brazo.

—Entonces vamos a la biblioteca o haces el trabajo solo —cada vez que veía esa expresión idiota en él, le hervía la sangre. Nunca entendería qué rayos veía en su hermana que ella no tuviera.

Amy ya estaba cerrando la puerta cuando dos hombres

armados entraron forzándola. Todos se sorprendieron al oír los gritos «Esto es un asalto. ¡Al piso!» Los Stevenson se lanzaron al suelo con las manos sobre la cabeza. Mathew bajaba al piso cuando vio que Sabrina se quedó inmóvil y Amy en una esquina decía con un gesto que no hiciera nada.

—¡Sabrina! ¿Qué te pasa? haz caso —susurraba.

Mathew la halaba mientras uno de los asaltantes comenzó a saquear la caja registradora. El otro delincuente observaba por los ventanales que nadie se acercara al lugar. Sam Stevenson, quien era un ex agente del FBI sabía cómo tratar con estas situaciones y siempre portaba su revolver 357 bajo su cinturón. Cuando estuvo dispuesto a sacar su arma vio que Amy se dirigía por la espalda hacia el otro asaltante con la intención de atacarlo. Aunque Amy era cinta negra en jiu jitsu y él la había entrenado bien en defensa personal, temió por la seguridad de su hija adoptiva.

—¡Amy, no! —gritó sacando su arma.

Sabrina estaba casi en un trance con la impresión del asalto y comenzó a ver todo transcurrir lentamente. Ambos, el asaltante y Amy se enfrascaron en una lucha cuerpo a cuerpo. Justo cuando su tío se disponía a dispararle, el otro asaltante sacó un arma en dirección a Amy. Los reflejos del ex agente seguían siendo agudos y le disparó. Al escuchar la detonación el temor invadió a Sabrina. Sus ojos cambiaron de verde a púrpura intenso y luego a un rojo llameante. De su cuerpo salió un campo de energía que derribó al asaltante que atacaba a Amy contra el cristal de la cafetería, activando así las alarmas de seguridad. Los criminales quedaron inconscientes, Amy había caído contra el cristal también con la onda de choque. Sam Stevenson cayó de espaldas al suelo aún agarrando su arma. Clara se levantó a auxiliar a Amy mientras Mathew tomaba a Sabrina por los hombros y le gritaba que reaccionara.

Cuando la policía llegó al lugar le atribuyeron a Sam el crédito de la aprensión de los asaltantes. De algún modo las cámaras de seguridad del establecimiento mostraron como Amy había desarmado al sujeto lanzándolo contra los cristales mientras el Sr.

Stevenson disparaba contra el otro maleante desarmándolo. La verdad de lo ocurrido allí se mantuvo en secreto entre la familia.

Dos años después

—La clase terminó. ¡Muévete dormilona! —dijo Mathew despertando a Sabrina al terminar la clase.

Caminando por el campus de la universidad Sabrina le devolvió la chamarra a su mejor amigo quien la observó con genuina preocupación.

—¿Qué está pasándote? Últimamente te quedas dormida en clases —esa mirada de ojos azules intentaban arrancarle una respuesta.

—La clase del profesor Patterson es aburrida —le respondió Sabrina ocultando su mirada tras un gran bostezo.

—Lo sé, pero lo que te está pasando no es común. Tenías una pesadilla.

Sabrina se quedó pensativa reviviendo por unos segundos la estresante pesadilla. Su expresión era tensa y sus ojos color verde cambiaron a un color púrpura. Mathew bajó los lentes oscuros de Sabrina que llevaba puestos en su cabello como diadema.

—¿Cambiaron? —agarró las gafas asustada fijándolas a su rostro.

Mathew contestó con un movimiento afirmativo de cabeza y le dijo:

—Sigo insistiendo que hay algo raro, tus pesadillas, tus ojos. Deberías ir a ver a mis amigos después de lo que ocurrió la última vez.

Sabrina pensó en el evento del asalto y sacudió su cabeza ante el recuerdo.

—¡¿Quieres que me aleje de ti?! —gritó a Mathew en tono amenazante.

—¡No!, olvídalo.

—Tú eres la única persona en quien puedo confiar. Sabes mi secreto y no me abandonas por miedo.

—¿Miedo?

—Ya sabes lo que todos piensan, que soy rara, especialmente cuando me enojo.

—¡Es cierto!, pero eres más frágil de lo que dejas ver —colocó su mano en el hombro de ella súbitamente como si recordara algo importante—. ¿Tu hermana viene a buscarte?

—Sí, no necesitas llevarme hoy.

—Ok. Tengo que irme temprano ya que hoy llega mi primo de Alemania.

—¿Primo de Alemania? ¿Pero tus padres no son hijos únicos?

Por un segundo Mathew se quedó dudando y luego respondió.

—Sí, pero es el hijo de la prima de mi papá... así que es mi primo... algo así —su mirada se fijaba en el cielo buscándole sentido a su enredado árbol familiar.

—¡Oook!

—Envíale saludos al amor de mi vida.

—Sigo insistiendo que no sé lo que le ves a ella —frunció el entrecejo con tan solo pensarlo.

—Algún día será mi esposa, la conquistaré.

—¡Ja! Sigue soñando —se burló.

—No me cuesta nada. ¡Adiós! —Mathew se despidió caminando en dirección contraria.

En aquel pueblo de Georgia, Tallulah Falls, todo era más tranquilo y seguro. Los tíos de Sabrina y Amy se mudaron luego de aquel evento. Clara y Sam Stevenson eran amigos de la tutora legal de las hermanas quienes habían quedado huérfanas de padre y madre a corta edad. Luego, pocos años después, la tía de las chicas había muerto en un trágico accidente de auto. Se habían mudado de ciudad en varias ocasiones para proteger a Sabrina gracias a los contactos de Sam. El carácter de la joven hacía que al enojarse o asustarse sus ojos se transformaran, por tal razón se acostumbró a usar gafas oscuras. Las personas le temían. Hasta el loco de la ciudad donde se mudó por primera vez con sus tíos la acusó de ser una extraterrestre e intentó lastimarla. Para ocultar el misterio que encerraban sus ojos un médico de confianza para los Stevenson indicó que padecía de una extraña condición visual. Esta condición es hemeralopía, sensibilidad extrema a la luz, por lo que tenía que usar sus gafas cuando estuviera al aire libre o en presencia de luz brillante.

Mathew y Sabrina eran inseparables desde la escuela primaria cuando ella lo defendió de unos niños. Por razón del destino siempre acababan en el mismo salón, en la misma escuela, y en la misma ciudad, aunque la familia de Sabrina se hubiese mudado varias veces. Así transcurrieron los años y se volvieron a encontrar en el poblado de Tallulah Falls, una ciudad de doscientos sesenta y cuatro habitantes, tranquila y con muy poca criminalidad. Estudiaban en la universidad local y aunque Sabrina ya tenía diecinueve años, su estatura no le hacía ver más que como una adolescente rebelde. Su cabello rubio era ondulado con destellos rosados que le llegaba a su cintura, gafas y ropa de moda. Una apariencia de una joven normal que intentaba ocultar sus miedos a ser segregada y marginada por la sociedad, si llegaban a conocerla a fondo por lo que siempre mantenía su distancia. Su sonrisa hacía reflejar hoyuelos en sus mejillas que llamaban la atención de los chicos; pero así como llegaban eran alejados por su mejor amigo o intimidados por ella y su temible carácter. No podía dar paso a que alguien más supiera de su maldición. Todo había estado más tranquilo desde que llegaron a Tallulah Falls, pero en el último mes las cosas estaban cambiando para ella. Todas las noches se repetía la misma pesadilla, no entendía cuál era su significado. Siempre se levantaba de la misma temblando y sus ojos cambiados. Temía perder el control de su maldición y que su familia tuviera que volver a mudarse.

A pesar de todo este estrés que guardaba en su interior, el poder contar con la amistad y cercanía de Mathew la reconfortaba. Siempre había permanecido sola a causa de sus ojos. A excepción de su amigo, Amy y sus tíos nadie más era cercano a ella. Intentaba hacer amistades, pero no la entendían. Cuando se ocultaba de sus nuevos amigos para que no vieran sus ojos cambiar a causa del temor o el coraje, comenzaron a alejarse de ella. Molesta con el mundo a su alrededor, pensó que lo más seguro sería fingir ser normal, pero sin aceptar la amistad de nadie hasta que volvió a encontrarse con Mathew. Los inseparables, compinches, camaradas, uña y mugre estaban unidos nuevamente. Sabrina llegó a pensar que él sería su único compañero de vida, pero él estaba enamorado de su hermana. Mathew Summers es un joven alto, esbelto, no muy atlético pero tampoco de apariencia frágil, digamos, alguien promedio. Quizá no sería un gran partido para Amy, pero al menos lo consideraban apuesto. A sus veinte años no estaba nada mal, cabello negro, ojos azules, todo un príncipe de la sirenita. Amy no le prestaba en lo absoluto ningún interés en el departamento del romance por lo que Sabrina guardaba la esperanza de que se diera por vencido con el tiempo.

Los Stevenson habían abierto una pequeña cafetería en el poblado. En el año y medio que llevaban viviendo en Tallulah Falls ya habían establecido un negocio sólido. Su plato principal de estofado y su pastel de moras hecho en casa era la sensación del lugar.

—Gracias tía, estaba delicioso —dijo Amy al terminar su cena.

—Por nada cariño —Clara limpiaba la mesa con satisfacción tras el cumplido.

Todos miraron a Sabrina esperando un cumplido también, pero ella estaba tragando su comida mientras miraba su celular.

—Bueno estaré en la biblioteca. Tengo un ensayo que entregar mañana —Amy se levantó de la mesa y Sabrina bajó su celular casi ahogándose preguntándole antes de que saliera por la puerta.

—¿Vas a estar toda la tarde en la biblioteca?

—Sí, ¿Por qué?

—No, por nada adiós hermana —sonrió por lo bajo pensando en el plan de su escapada.

En el momento que Amy salió por la puerta de la casa, Sabrina tomó sus cosas levantándose de la mesa con urgencia.

—Debo irme, voy a estudiar en casa de Mathew —dio un beso a sus tíos adoptivos y se marchó.

—Cuídate cariño —respondió su tía.

—Sí, lo haré —gritó cerrando la puerta tras sí.

Esa tarde Mathew abrió la puerta de su casa para encontrar a Sabrina frente a él vistiendo unos jeans y una camiseta que decía "I'm sexy and i know it" y sus acostumbradas gafas. Mathew se rio y le dijo señalando su camisa.

—¿Autoestima?

—Pues... —admitió encogiendo los hombros.

—¿Qué te trae por aquí? —cruzó los brazos recostándose del marco de la puerta esperando lo que diría su amiga aunque ya sabía a lo que había ido.

—Amy salió a la biblioteca así que... puedes darme las clases de conducir que me prometiste —decía mientras trataba de mirar hacia dentro de la casa.

Mathew suspiró y puso sus manos en su rostro como quien olvida una promesa.

—¡Lo prometiste! —reclamó ella.

—Sí, sí. Pero tenemos un trato recuerda.

—Arreglaré una cita con Amy, cómo olvidarlo —dijo tornando sus ojos en desaprobación.

—¡Hecho! —exclamó casi emocionado.

—Aún no sé lo que ves en mi hermana, es autoritaria y mandona.

—Así me gusta...

—Olvídalo, ve y busca las llaves.

Un vehículo Ford Fiesta iba acelerando y frenando por las calles. Mathew aterrado agarraba la manija de la puerta fuertemente y Sabrina al volante sonreía nerviosa.

—¿Quién me metió en este lío? ¡Dijiste que ya tenías tu licencia de aprendizaje! —estaba visiblemente asustado con la pequeña rubia al volante. Definitivamente estaba fuera de sí al soltarle las riendas del vehículo que aún no había terminado de pagar.

—¡Sí! Pasé el examen escrito, pero no he podido practicar. Sabes cómo Amy se pone toda leona cuando le digo para usar su auto.

—¿Y tus horas de práctica en los video juegos? —dijo abrazando el cinturón de seguridad y su pierna inútilmente hacía que presionaba el freno invisible.

—Por favor, aquello no se mueve. Esto no es lo mismo. Con esto sí se puede matar a alguien —bromeó al ver el pánico de su amigo.

—¡QUE! ¡Detén el auto!

—¡Ja!, no seas exagerado Mat solo estoy bromeando —dijo mirándolo y al volver su vista a la carretera detuvo el auto de un frenazo en la intersección. Una chica de aspecto gótico cruzaba frente a ellos.

—¡Mira ahí va Samantha! —dijo enseguida para evitar que Mathew le abriera la boca.

—¿Quién? ¿Morticia? —los ojos de Mathew seguían la dirección que apuntaban los dedos de Sabrina.

—¡No! Sa-man-tha, tu primera novia.

—Sabes que ese es un tema prohibido —dijo acomodándose derecho en el asiento.

Sabrina rio y comenzó a cruzar la intersección, cuando un rayo de luz intensa la cegó y oyó el grito de Mathew.

—¡¡Detente!!

Sabrina detuvo el auto bruscamente dándose cuenta que frente a ellos había un chico con sus manos en el bonete como si quisiera detener el auto. Entonces, comprendió que estuvo a punto de arroyarlo. Era un joven alto, corpulento, de cabello rubio oscuro con un corte despeinado, de flequillo desfilado. Su tez era pálida y sus ojos color índigo. Esa imagen la deslumbró por un momento. Hubiera pensado que el tiempo se detuvo pues pudo ver sus rasgos con claridad. Aún le veía un halo de luz a su alrededor, no, era la luz de la puesta de sol que estaba en esa dirección. Aun así, esa primera impresión se le grabó en la memoria. Mathew salió del auto gritando.

—¡Ese es mi primo! ¡Por poco matas a mi primo alemán!

Sabrina había quedado sorprendida e inmóvil. La mirada penetrante de aquel muchacho la desconcertó al conectarse con la de ella. Vio sus manos en el bonete y habría jurado que le había hecho una abolladura al auto. Mathew corrió hacia él tocándole los hombros y el pecho.

—Primo, ¿estás bien?

—Estoy bien ¡Cálmate! —el primo agarró las manos de Mathew sacándolas suavemente.

Sabrina salió del auto aturdida por lo sucedido en ese instante. Miraba el bonete del auto fijamente. No había ninguna abolladura, estaba intacto. Dirigió su mirada a aquel chico cuando Mathew exhaló.

—¡Uf!, qué alivio.

—Lo siento no te había visto es como si hubieras aparecido de la nada —se disculpó Sabrina sin hacer ninguna pausa.

—No hay problema, estoy bien —el muchacho rubio observaba en dirección a Samantha quien ya se había perdido de su vista.

—Sí, bueno no es como si hubieras aparecido por arte de magia. ¿Verdad Mathew? —sonrió Sabrina sarcásticamente.

—¡Disculpa niña, Tú eres la que no sabes conducir, casi frenas sobre mí! —exclamó molesto mirándola de arriba abajo.

—¿¡Niña!? tú eres el que…

—¿¡Una menor de edad conduciendo!? Si el tío sabe de esto, Mathew estarás en líos —aquel extraño la había ignorado por completo interrumpiéndola cuando se dirigió a su mejor amigo.

—¿Menor de edad? —contestó Mathew mirando de reojo a Sabrina quien estaba cruzada de brazos visiblemente ofendida.

—¡Y si te atrapa la policía con una menor de edad al volante…

Aquel muchacho rubio recién llegado parecía ser un anciano más que el primo de Mathew. Lo regañaba como si fuese un abuelo cascarrabias.

—¡Calma! Solo estaba dando unas lecciones.

Sabrina estaba indignada con la arrogancia de ese extraño que para colmo se refería a ella como una niña. ¿Acaso estaba ciego y no veía la escultural silueta que estaba frente a él? ¡Pequeña pero escultural! Ya no aguantó más e interrumpió a los primos acomodando bien sus gafas oscuras.

—Disculpa un momentito… abuelo. Para tu información tengo diecinueve años no soy una niña y si me permites decirte… —

seguía parloteando sin respirar como acostumbraba hacerlo cuando se sentía ansiosa.

—¡Bueno, bueno ya pasó! Dejemos este malentendido atrás. ¿Ok? —Mathew la interrumpió tapándole la boca—. Cambiando el tema, parece que estás siguiendo a Samantha. ¿Acaso te atrae? —la pregunta iba cargada de picardía.

Sabrina quitó la mano de Mathew y lo empujó con el codo recostándose del auto.

—Créeme primo no se la recomiendo ni a mi peor enemigo —continuó Mathew.

—¿Por qué? —preguntó intrigado aun ignorando la presencia de Sabrina.

—Digamos que es una bruja.

—¡Un caballero nunca habla de una dama, tenga o no tenga razón! —regañó Sabrina dándole un manotazo a Mathew.

—¡Y una dama nunca le pega a un caballero! —gritó acariciándose la nuca encarándola.

—¡Exacto! Un caballero. Tú eres... ¡Mathew!

Ambos se miraban fijamente con tenacidad mientras el primo alemán era el espectador. Mathew siempre se rendía ante ella. El chico recién llegado aclaró su garganta y dijo:

—Los dejo a solas. Yo me voy.

—¡Espera Body! Olvidemos lo que pasó ¿Ok? Empecemos con el pie derecho. Permíteme presentarte a mi mejor amiga. Ella es Sabrina Tanner.

—¿Tu mejor amiga? ¿Y así te trata?

—No te preocupes así nos tratamos siempre. Sabrina, este es Body Richter mi primo que vino de Alemania.

Body comenzó a observarla nuevamente de arriba hacia abajo notando el escrito de la camisa y enarcó una ceja. Sabrina bajó sus gafas sin mucho entusiasmo.

—Mucho gusto.

—¿Y primo hacia donde te diriges? —preguntó Mathew tratando de desviar el aura de hostilidad que percibía entre ambos.

—Solo caminaba por la ciudad, para conocerla.

—¿Quieres que te llevemos? —interrumpió Sabrina mostrando las llaves del auto.

—Si es ella quien conduce no —contestó el chico alemán mirando a Mathew.

—Yo conduciré. Vámonos —dijo Mathew quitándole las llaves de las manos a su amiga sin darle tiempo para que le contestara a su primo.

Sabrina se encontraba en la parte posterior con los brazos cruzados y Mathew estaba actuando como guía turístico. En poco tiempo de recorrido detuvo el auto diciéndole "Hasta aquí llego el tour, ¡Impresionante! ¿No?" —El chico alemán le dio una mirada de incredulidad.

—¿Cómo es posible que a los tíos se le ocurriera vivir aquí? tan apartado de la ciudad.

—Mi papá se cansó de la criminalidad, aparte que mi mejor amiga se había mudado aquí.

—¿Y cómo terminaste siendo amigo de ella? —preguntó Body señalando hacia Sabrina sin mirarla.

—Fácil, su poder me salvó —exclamó Mathew.

—¿¡QUE!? —se le escapó en un grito a Sabrina.

—¿Qué? —preguntó Body a la vez.

—Sí. La hubieras visto cómo peleaba de niña, le voló dos dientes a un niño solo por molestarme. ¿Recuerdas Sabrina? —dijo Mathew mirándola por el retrovisor.

—Sí recuerdo. ¿Sabes?, llevo tiempo sin practicar, debería practicar contigo —contestó Sabrina seriamente.

—Bueno gracias por el paseo pero llego hasta aquí. Suerte con ella —dijo Body bajando del auto.

Una semana después

Sabrina despertó de su pesadilla sudorosa cuando sin darse cuenta dio con el puño sobre la mesita de noche derribando la lámpara. Se levantó y vio su rostro al espejo y esta vez un destello púrpura se asomó en sus ojos.

—¡Maldita pesadilla! Y mi carácter ha empeorado desde que

ese chico de intercambio llegó, ¡No lo soporto!, es un odioso... Calma Sabrina, tienes que soportarlo, es el primo de Mathew. Llevaba esa semana lidiando con la arrogancia de ese chico llamado Body. En cualquier otro caso, otra persona, lo ignoraría o Mathew la defendería. No tendría que soportar los malos ratos, pero esta vez tenía que soportarlo el tiempo que estuviera junto a Mathew. Después de todo a parte de sus tíos, su hermana Amy y él, no tenía más familia. Su pequeño círculo familiar le había protegido el secreto de la maldición que guardaban sus ojos. Mathew era su único amigo y este chico se estaba metiendo entre ellos. Por alguna razón no recordaba haber oído el nombre de Body. Supuestamente había estado muchas vacaciones con Mathew pero no recordaba que lo hubiesen mencionado. Conocía Mathew de toda la vida. Aunque pasaron tiempo separados varias veces gracias a que tenían que mudarse por su maldición, siempre se reencontraban. Sentía que perdía la cordura cuando Mat y su familia hablaban recientemente de ese muchacho como si siempre hubiera estado ahí. También aparecía en las fotos familiares en la casa de Mathew, fotos que ella recuerda que no estaba. Algo extraño estaba pasando, se sentía dentro de un twilight zone. Su amigo le había dicho que estaba bajo mucha presión por los exámenes y también por el descontrol de sus poderes o maldición. Al menos lo tenía cerca, él era su alivio en sus momentos de tormenta.

—Bueno Sabrina respira hondo y olvídate de toda maldición, pesadilla, cosas paranormales y el odioso ese. Hoy tienes un examen y tienes que salir bien.

Esa mañana Body recorría la universidad, nuevamente, siguiendo a Samantha. Sabrina lo vio de lejos y observó detenidamente sus movimientos. El recién llegado de Alemania seguía cada paso que daba Samantha y al ver ese comportamiento extraño tomó la decisión de seguirlo. Cuando dobló en una de las calles del campus Sabrina fue cegada por el mismo resplandor que vio la primera vez que lo conoció. Corrió hacia el resplandor, pero al doblar la esquina no había nadie, solo Samantha caminando hacia uno de los edificios de la universidad.

—¡Hola Samantha! —se acercó Sabrina mirando hacia los lados.

—Hola Sabrina ¿Sucede algo? —la chica de aspecto gótico la saludó cordialmente.

—¿Estabas sola?

—Sí, voy al club de cartomancia. ¿Quieres venir?

—¡No... gracias! «Juraría que lo vi caminar en esta dirección» —miraba en ambas direcciones buscando con la mirada al chico alemán.

—¿A quién? —Samantha la miró intrigada.

—Bo... nadie —soltó el aire de golpe confundida ¿Había hablado en voz alta? Habría jurado que solo lo había pensado. A veces podía ser distraída especialmente cuando no tiene filtro en su boca para muchas cosas.

Samantha al ver la confusión de Sabrina se exaltó.

—¡Ah! será un fantasma —miró hacia todas direcciones—. Eso me pasa por jugar Ouija. ¡Debo apurarme necesito un despoje!

Samantha se despidió de Sabrina ya a distancia pues se dirigía a su club lo más rápido que le permitían caminar sus piernas. Sabrina quedó confundida y sin pensarlo volvió a repetir lo que dijo antes.

—En serio juraría que era él.

—¿Quién? —preguntaron a su espalda.

Ella se sobresaltó agarrando sus gafas y sin pensarlo había dado un salto hacia al frente dándose la vuelta. Body estaba justo detrás de ella.

—¡Hola... primo de Mathew! —soltó en una risa nerviosa.

—Body, mi nombre es Body —su expresión ante ella siempre era una seria. Podía apreciar en esa mirada que ella no le caía bien.

—Sí, sí Body... ¿has visto a Mathew lo he estado buscando?

Él miró la hora en el reloj de su muñeca y le dijo.

—¿No se supone que están en clases... juntos... ahora?

La chica de mechones rosa enarcó una ceja sin comprender la pregunta. Ella le estaba preguntando por su primo ¿Y él le responde con otra pregunta? Luego, la resolución se hizo visible en su rostro. ¡Rayos! ¡La clase! Tomó el brazo de Body para ver la hora y vio en el cristal del reloj el reflejo de él. Estaba vestido con una armadura dorada y unas alas enormes. Sabrina pestañeó incrédula ante lo que estaba viendo. Rápido alzó la vista hacia él que la miraba con aspecto de pocos amigos. Volvió a dirigir su vista hacia el reloj y al fijarse en la hora gritó.

—¡Ah! El examen —exclamó corriendo del lugar olvidando lo que había ocurrido.

—Mathew debería cambiar de amigos. Esta chica está loca — dijo para sí mismo observándola.

En la tarde, Sabrina y Mathew se encontraban en el centro estudiantil comiendo. Sabrina estaba concentrada en sus pensamientos. Recordaba el destello de luz que vio cuando Body apareció por primera vez, luego cuando lo seguía esa mañana y el reflejo del reloj. Mathew le tocó la frente a Sabrina diciéndole.

—La Tierra a Sabrina, Hola. ¡Qué mucho caso me estás haciendo!

—Lo siento Mat.

—¿En qué estás pensando? ¿No me digas que ya andas enamorada?

—¿¡Qué!?

Mathew se le acercó al rostro y ella bajó sus gafas que llevaba como diadema. Quería evitar su mirada pues se sentía intimidada cada vez que ese chico de ojos azules se le acercaba. Casi podía sentir el olor de su perfume y eso le hacía perder la concentración. Mathew volvió a reclinarse al espaldar de su asiento poniendo sus manos en su nuca y con una sonrisa de complicidad le dijo:

—¡Te gusta alguien!... Sabes que tienen que pasar por mí primero.

—¡No!

—¿Cómo qué no?, si no pasa mi aprobación es un ¡NO! rotundo.

—¡No es eso!... tonto.

—Entonces… —Mathew intentaba descifrar la respuesta de su amiga.

No quería decirle que encontraba extraño y sospechoso a su

primo, el alemán. Apenas lo conocía, lo que encontraba fuera de la realidad no saber nada de él siendo amiga de Mathew toda la vida. Ante la mirada insistente decidió confesar su preocupación.

—Tu primo...

—¿¡Te gusta mi primo!? —abrió los ojos de golpe y se echó hacia atrás casi cayéndose de su asiento.

—¡NO! —gritó indignada.

—Ok, Ok. ¿Qué hay con él? —dijo acomodándose nuevamente.

—¿Qué sabes de él? Además que es tu primo.

—Que viene de Alemania...

—¿Y?

—...que es hijo de una prima de mi padre...

—¿Y?... —le hizo gesto con las manos para que prosiguiera.

—Nada más. Ahora que lo mencionas, mamá me enseñó fotos de nosotros cuando éramos niños pero por alguna razón no recuerdo nada. ¿Por qué el interés? Si no te gusta —dijo cruzándose de brazos y enarcando una ceja.

—Hay algo raro en él que... no sé Mat. Hoy lo vi persiguiendo a Samantha y...

—Por eso perdiste el examen, por espiar a mi primo.

—No, bueno sí pero...

—Sabrina, sé que no te gusta la gente nueva, pero eso no quiere decir que todo el mundo sea malo. Debes darles la oportunidad a las personas para que te conozcan.

—Mathew, no quise decir eso. Solo que él estaba algo raro hoy mirando a Samantha y tuve un mal presentimiento.

—Recuerda que es de Alemania y está en un pueblito totalmente diferente. Dale tiempo, a lo mejor le gustan las brujas —rio en un tono burlón.

A Sabrina no le agradó el comentario burlón de su amigo y le tiró con un pedazo de manzana, pero él lo cachó con su boca gritando y levantando los brazos.

—¡GOOOLLLL!

—Ya bueno vámonos.

Cuando comenzaron a levantarse Body llegó y comenzó a hablar con Mathew ignorando a Sabrina.

—Mathew saldré con Samantha esta noche. Espero no te moleste, supe que fueron algo en el pasado —advirtió su primo deteniéndolo.

—No hay problema. Ya te advertí así que no me culpes en la mañana. Suerte.

—¡Enserio eres increíble! Samantha no es tan mala… auuunqueee si se hacen novios ya no tendría que ver esa cara de viejo amargado —exclamó Sabrina a Mathew tan pronto vio que Body se había marchado, pero él la logró escuchar.

Body se volteó y la miró seriamente. La chica de mechones rosa lo miró sonriéndole sarcásticamente «Esta chica será un problema. Tendré que deshacerme de ella lo antes posible» pensó Body siguiendo su camino.

En la mañana, Body estaba desayunando cuando Mathew llegó bostezando al comedor tomando asiento frente a su primo. Tomó el cereal y sirviéndose en un tazón comenzó a interrogarlo sobre la cita.

—¡Buenos días! Primo ¿Cómo te fue en tu cita? —preguntó sonriendo con un semblante travieso.

—Sin comentarios —respondió seriamente enarcando una ceja.

Mathew quien ya tenía un bocado de cereal comenzó a reír a carcajadas.

—¡Cierra la boca estas llenándome de cereal! —reprochó Body limpiando su camisa que había quedado salpicada con el cereal de su primo.

—¡No me digas, no me digas, lo sé todo! —casi ahogado entre risas y exaltación continuó adivinando los hechos de la noche pasada—. En su primera cita quiso leerte las cartas para saber si eran compatibles, su fecha de boda, cuántos hijos tendrán, en donde vivirán y la mejor de todas trató de besarte frente a todo el mundo. ¿Cierto?

Body abrió los ojos sorprendido, pero de inmediato cambió su expresión para mirarlo seriamente y levantándose le respondió.

—Un verdadero caballero jamás revela lo sucedido en una cita.

Mathew no podía contenerse y seguía burlándose.

—Ya veremos cuán caballero eres cuando te siga por todo el campus hoy. Yo te lo advertí primo. Las apariencias pueden engañar.

Body se retiró dejando a Mathew riendo solo en la cocina. Más tarde Sabrina y Mathew se encontraban en la cafetería de la universidad almorzando. El joven no perdió el tiempo en llevarle el chisme a su mejor amiga.

—Habrías visto la cara de Body esta mañana, se veía muy perturbado.

—Bueno tú le advertiste pero…que pena, tendré que soportarlo por más tiempo, ¿Hasta cuando dices que se quedará?

Body interrumpió a Sabrina sentándose bruscamente al lado de Mathew.

—Si Samantha pregunta, tú no me has visto.

—Hola Body. Mat me acabó de contar, y bien ¿Cuándo es la boda? —se burló Sabrina al ver la ansiedad en el rostro del joven quien la miró con mala cara ignorándola.

—¿Qué pasó primo? ¿Qué no eras un caballero? —preguntó Mathew coreando las burlas de su amiga.

—¡Ja ja! muy gracioso —dijo Body mirando hacia la puerta de la cafetería esperando no ver a la chica gótica.

—No se supone que un verdadero caballero se esconda, antes bien, que asuma su responsabilidad. Si no quieres salir con ella solo dile —dijo Sabrina mirándolo.

—Creo que nadie ha pedido tu opinión niña, na-die. No seas metiche —ya le fastidiaba lo entrometida que era esa chica.

—¿Sabes algo?, me estás empezando a caer mal, corrección, ya me caes mal —dijo Sabrina cruzando los brazos y visiblemente molesta.

—El sentimiento es mutuo cariño. ¿No tienes otros amigos con quien hablar?... Por lo visto no.

La escena se asemejaba a dos gatos a punto de una riña y Mathew que estaba mirando a los dos se interpuso.

—¡Ya! dejen de pelear. No quisiera tener que escoger; ambos son familia.

—Corrección, Yo soy familia. Ella es... —dijo Body cuando Sabrina lo interrumpió.

—¡Cuidadito con lo que piensas decir! —advirtió Sabrina en un tono amenazante.

—¡Unverschämter zwerg!(2) —el joven le susurró sutilmente con una leve sonrisa en los labios.

Mathew no podía creerlo. Abrió los ojos como dos platos, sorprendido por el insulto de su primo a su mejor amiga tapándose la boca con las dos manos. Sabrina no entendía. Lo más seguro había sido un insulto dado la cara de Mathew y lo peor de todo dicho en alemán, idioma del cual no sabía un pepino.

—¿Qué rayos dijo? Yo sé que tú sabes —exigió a su mejor amigo.

Mathew guardó silencio moviendo su cabeza en negativa mientras miraba a su primo con desaprobación. Body se levantó sonriendo a Sabrina.

—Eres divertida cuando te enojas. Si eres el acto de caridad de mi primo, para mí serás el de diversión —dijo acercándose al rostro de Sabrina—. Recordaré eso para la próxima unverschämter zwerg —dijo lo último retirándose.

Sabrina estaba enojada. ¿Cómo ese muchacho recién llegado se atrevía a insultarla de ese modo? ¿Por ser primo de Mathew se creía tener el derecho? Ese comentario de no tener más amigos le había tocado una espina enterrada en su corazón. Sabía que no debía prestar atención a lo que la gente dijera, pero por alguna razón le molestaba mucho lo que este en particular le decía. Luego la insulta en otro idioma y para colmo llamarla un acto de caridad. ¿Su caso de diversión? ¡Qué se creía ese chico insolente, amargado!, ¡bully! Tomó un trozo de pudín en su mano dispuesta a lanzarlo como proyectil. El sarcasmo de Body la había hecho enojar y sus ojos comenzaron a transformarse. Mathew se percató del cambio y le bajó sus gafas a los ojos. Sabrina se sobresaltó ante el gesto de su amigo. ¿Acaso sus ojos volvían a delatarla? Observó que Mathew le miraba las manos alarmado.

—¡Tus manos!

Bajó la vista para ver que sus manos estaban rojas y temblaban. El pudín que sostenía en las manos estaba burbujeando como si lo estuvieran cocinando. Soltó el pudín de inmediato dejándolo caer en la mesa. ¿Cómo era posible que ese chico la hubiera sacado de sus casillas a ese punto? ¿Estaba perdiendo el control de su maldición nuevamente o su desdicha crecía cada varios años? Sentía un ardor en ellas que comenzaba a extenderse hacia sus brazos. El pánico comenzó a invadirla, sentía que un fuego iba a salir de ellas. Una fuerza extraña en su cuerpo estaba a punto de explotar y no pensó en otra cosa que salir corriendo de la cafetería.

Body, que salía por la puerta se detuvo súbitamente tocando su pecho. Se volteó al oír una silla caer al suelo y vio a su primo que tomaba las cosas que Sabrina había dejado en la mesa con urgencia. Regresó donde su primo quien concentrado en salir de allí no le prestó atención.

—No sé cómo andas de amigo con ella. Es una chica inmadura y una unverschämt₍₁₎ —dijo deteniéndolo para que lo mirara.

—Primero, no tienes que entenderlo. Segundo, Ella es más que una amiga, es familia y si le dieras el tiempo para conocerla no serías tan "unverschämt" —la mirada de Body mostró asombro ante lo dicho de su primo—. ¿Qué?¿No sabías que sé un poco de alemán? Tú mismo me enseñaste —dijo retirándose de la cafetería.

Sabrina seguía corriendo «Que tonta fui, me dejé llevar por mis emociones, ¿y si alguien vio mis ojos, o mis manos? ¿Qué me está pasando? Siento que me estoy volviendo loca». Miró sus manos que aún seguían igual de rojas. Sus ojos se humedecieron y las lágrimas comenzaron a rodar por sus mejillas.

—¡Sabrina, espera no sigas corriendo! —gritó Mathew acercándose a ella sujetándola del brazo, pero la soltó rápidamente al quemarse cuando la tocó. Estaba confundido. Nunca antes había pasado algo como esto y eso lo asustaba.

—¡No me toques! —exclamó con un llanto ahogado de frustración—. No sé lo que me está pasando, no quiero lastimarte.

Corrió buscando un lugar seguro donde ocultarse y alejarse de todo, pero Mathew la siguió.

—Deja que te ayude —volvió a detenerla, esta vez por su camisa.

—¡Aléjate!...

En ese preciso instante escucharon el chirrido de neumáticos. Se encontraban en medio de la carretera y no se habían percatado que estaban en una intersección. El auto fuera de control se acercaba sin remedio a ellos. Sabrina estaba paralizada y todo lo que comenzó a suceder lo percibió en cámara lenta. Empezó a sentir su cuerpo arder como si estuviera en llamas, mientras Mathew trataba sacarla del camino. Sabrina vio el auto casi encima de ellos y en un destello de luz una imagen se apareció ante ella como si fuera una foto. Vio a Mathew herido de gravedad, su cabeza sangraba y estaba inmóvil. La vida de su mejor amigo se había extinguido ante ella. La visión desapareció y Sabrina volvió a ver a su amigo a su lado tratando de halarla desesperadamente. Un poder inexplicable invadió su cuerpo. Era el mismo sentimiento de cuando los asaltantes irrumpieron en la cafetería de sus tíos. Un campo de energía salió de su cuerpo lanzando a su mejor amigo por los aires fuera de la calle. El auto ya encima de ella fue impactado por el mismo campo de energía que lo hizo volcarse y estrellarse contra un poste de luz. La onda de choque provocó que las alarmas de los vehículos estacionados se encendieran. Algunos cristales de las tiendas cercanas estallaron como si hubiera caído una bomba en el lugar. Sabrina parpadeó con fuerza cayendo devuelta a la realidad. Observó a Mathew a una distancia no muy cercana a ella y rápido se acercó para ver cómo estaba. Mathew se levantaba adolorido y aturdido por lo sucedido. Vio el auto sembrado en el poste, los carros sonando sus alarmas y cristales rotos por todos lados. Sabrina se le acercó llorando, asustada, todavía brillaba pero no tanto como hacía unos segundos atrás.

—¡Mathew, Mathew! ¿Estás bien? —gritó sin atreverse a tocarlo.

—¡Vámonos antes que te descubran! —respondió mientras la halaba en dirección contraria al accidente.

Amy se encontraba cerca del lugar donde pudo presenciar lo ocurrido. Había visto a Sabrina y Mathew huyendo de allí con urgencia. Por unos segundos observó la cámara de seguridad de una de las tiendas donde se explotaron los cristales y esta comenzó a emanar chispas hasta quemarse. Las personas salieron de los establecimientos ante las alarmas de los vehículos. Amy discretamente hizo lo mismo frente a otra de las cámaras de seguridad. Body, que se encontraba a una cuadra de distancia oyó el choque y se acercó viendo a Amy de espaldas frente a la cámara, observándola detenidamente hasta que la misma se quemó.

—Creo que ya te encontré —Body sonrió con la comisura de sus labios.

Algo extraño estaba comenzando a desenvolverse en Tallulah Falls. Por alguna razón había llegado a ese pequeño pueblo de Georgia.

BATMAN Y ROBIN

*B*ody vio a su primo correr tras Sabrina y recordó las palabras de Mathew. "Primero, no tienes que entenderlo. Segundo, ella es más que una amiga, es familia y si le dieras el tiempo para conocerla no serías tan unverschämt".

—¿En realidad me comporté como un insolente? —suspiró en decepción consigo mismo—. Estar entre estos mortales me ha vuelto vulnerable a sus arrogancias.

Salió a buscar a su primo y a Sabrina para ofrecerle disculpas, aunque en su interior no entendía el por qué debía hacerlo. Antes jamás lo hubiera hecho a menos que no fuera alguien de mayor rango. No tenía muchas complicaciones si sólo se limitaba a seguir órdenes, pero desde que llegó allí todo se había complicado. Ahora formaba parte de una familia que tenía que sobrellevar si quería lograr su objetivo. Para colmo aparece esta chica entrometida que lo irritaba, pero su primo la adoraba, la defendía y era difícil deshacerse de ella. ¿Por qué se comenzaba a sentir culpable por decirle la verdad? Ella es una insolente. ¿Por qué comenzaba a sentirse culpable por… herir sus sentimientos? ¡Rayos! Recorría las calles buscándolos, hasta que escuchó un chirrido de neumáticos y luego un estruendo. Las alarmas de autos comenzaron a sonar y una leve brisa producida por la onda de choque de la explosión llegó hasta él. Comenzó a sentir algo en su pecho y sacó debajo de su camisa un collar. Del mismo pendía un ópalo que estaba pulsando. ¡Al fin! Luego de tanto tiempo una señal de avance. El objetivo estaba cerca. Lo volvió a esconder en su camisa y corrió en dirección a la explosión.

Cuando llegó a la intersección vio el auto sembrado en el poste de luz y a una chica alta de cabello negro observando las cámaras de seguridad con detenimiento, para luego alejarse del lugar. Body llegó a la escena del desastre y todas las personas también comenzaron a acercarse al lugar cuando las patrullas llegaron. Observó la cámara de seguridad que la chica de cabello negro había visto antes y la notó humeando, quemada. Nuevamente sintió su collar pulsar y volvió a buscar a la chica de cabello negro pero ya no estaba.

—Al fin te encontré —dijo agarrando su collar fuertemente.

Sabrina y Mathew habían llegado hasta un pequeño parque donde se escuchaban a lo lejos las sirenas de ambulancias y policías. Se encontraban de cuclillas tras las chorreras y Mathew tenía a Sabrina a su lado, la había tomado de la mano para sacarla de allí. Sabrina observó la mano de Mathew entrelazada con la suya y su mente comenzó a recordar esa vez que lo defendió en la primaria; la primera vez que se conocieron. Un pequeño niño de ojos azules y cabello negro que sufría de estrabismo era víctima de las bromas de otros niños. Los abusadores le habían quitado los lentes al niño y se burlaban por el estrabismo de sus ojos. El pequeño lloraba y una Sabrina de seis años golpeó al abusador derribándole dos dientes. En ese momento los niños se asustaron al ver a la niña con unos ojos cambiantes en color y se retiraron llamándola bruja. La pequeña niña suspiró desilusionada consigo misma pues sabía que esto le costaría una visita a la oficina del director y una llamada a su casa. Esa tarde la pequeña Sabrina se encontraba en la oficina del director esperando ser castigada, tal y como lo había supuesto. Estaba cabizbaja y sintió que alguien se acercó y le colocaba unas gafas oscuras en sus ojos. Sabrina levantó la mirada y vio al niño con estrabismo a quien defendió.

—¿También tienes problemas con tus ojos? —preguntó el pequeño Mathew.

Sabrina movió su cabeza afirmativamente en silencio.

—No te preocupes, la próxima vez seré yo quien te defienda —dijo el niño sentándose a su lado y tomándole la mano.

—Sí —contestó Sabrina tímidamente.

—Seremos como el dúo dinámico Batman y Robin.

—¡Yo soy Batman! —exclamó la niña levantando una manita y ambos niños comenzaron a reír.

Sabrina despertó de su recuerdo viendo la mano de Mathew aun entrelazada con la suya. Subió la vista y vio su rostro concentrado en los alrededores. Ya no usaba lentes y hacía años le habían corregido el estrabismo. Mathew es apuesto y a pesar que podía dejar a un lado la amistad que tenía con ella por ser tan rara a veces, él siempre había sido fiel a su unión. El tenerlo siempre cerca la alegraba. Se sobresaltó al sentir su corazón latir fuertemente y casi quedarse sin aire en sus pulmones. Mathew la miró y agarrando más fuerte su mano le dijo:

—Descuida todo estará bien. Yo estoy contigo y te protegeré.

Sabrina se dejó confortar por su mejor amigo mirándolo fijamente con ojos llorosos.

—¿Qué voy a hacer?, no sé lo que me está pasando —su voz estaba cargada de angustia y desesperación.

—Tenemos que hablar con tu hermana por si ella pasó por algo parecido mientras crecía.

Sabrina lo miró confundida pero no dijo nada.

—No sé, solo digo, ustedes son hermanas de madre y padre ¿verdad? —Mathew la miraba con el rabillo del ojo mientras encogía los hombros.

—¿Qué clase de pregunta es esa Mat? —dijo Sabrina soltando la mano de Mathew con rudeza y comenzó a alejarse del lugar.

—¡Bah!, olvida que pregunté, lo siento. Pero esto tiene que tener una explicación. No creo que vengas de otro planeta ni que seas una bruja.

Sabrina lo volvió a mirar con fastidio en su expresión, pero continuó caminando en dirección a la cafetería de sus tíos.

—Mathew, No estoy para tu sarcasmo. No sé qué voy hacer. Estoy en un callejón sin salida —decía Sabrina suspirando—. Ya no veo luz. Siento una oscuridad tenebrosa cada vez que me enojo –su voz se fue haciendo tenue hasta volverse un susurro.

—¿Por qué no vas a ver a los chicos del club de cazadores de lo paranormal? —colocó la mano en su hombro para infundirle esperanza. Aunque ella no lo tomó de la misma forma.

—No bromees.

—No estoy bromeando —dijo tomándola por el brazo volteándola hacia él para encararla—. He estado buscando respuestas igual que tú. Esto podría ser un poltergeist$_{(4)}$.

—¿Poltergeist?

Body estaba recorriendo las calles del poblado en busca de la chica de cabello negro, cuando su estómago comenzó a rugir y decidió allegarse a una pequeña cafetería para comer. Cuando entró al establecimiento se encontró con Mathew y Sabrina sentados en una mesa. «Tendré que disculparme aunque no quiera» pensó. Sonriendo forzadamente se acercó a su primo.

—Hola.

Sabrina al darse cuenta que era Body se volteó y se colocó las gafas nuevamente.

—¿Vinieron a comer? Hace un rato estaban… —continuó Body.

—Esta es la cafetería de los tíos de Sabrina —interrumpió Mathew.

Body miró a su alrededor y vio a Clara Stevenson con el gafete que dice gerente. En ese momento llegó el esposo de Clara y saludó a los chicos.

—Hola Mathew, Sabrina y…

—Él es mi primo Sr. Stevenson. Vino de Alemania como estudiante de intercambio —explicó Mathew.

—Mucho gusto. Bienvenido a Tallulah Falls…

—Body Richter —interrumpió Body presentándose.

—Body, bienvenido. Este es un pueblo relativamente tranquilo, excepto hoy. Hubo un accidente bien feo en la intersección varias cuadras atrás.

Mathew y Sabrina se miraron y trataron de cambiar el tema.

—Sí señor Stevenson, oímos las sirenas... Oye Body debes probar el estofado y el pastel de moras, es algo de otro mundo — sugirió Mathew.

El tío de Sabrina nunca dejaba pasar la oportunidad de alardear de su cocina y se llevó a Body para que probará su famoso pastel de moras mientras le contaba la historia de cómo había surgido el famoso pastel. Mathew vio a Sabrina quien suspiró de alivio por haber distraído a su tío del tema del accidente.

—¿Y bien? —preguntó Mathew a Sabrina en voz baja.

—Y bien ¿Qué?

—¿Accederás ver a mis amigos del club?

Sabrina respiró profundamente, puso su mano en la barbilla y le contestó a su amigo.

—Está bien, solo una vez, pero tenemos que ser cuidadosos en la información que damos.

—No te preocupes, son muy discretos.

Esa noche la pesadilla que atormentaba a Sabrina volvió. Dragones y ángeles se batían en una lucha sangrienta. Todos luchaban y la sangre corría por todos lados, mucha muerte y desesperación. Luego, ante ella se erguía una figura con alas enormes hasta que también fue eliminado. Sintió su piel erizada y los destellos rosados de su cabello rubio empezaron a emanar un brillo intenso. Sus ojos comenzaron a transformarse de un color verde a un púrpura. Oyó pasos tras ella y al levantar la mirada un manto negro se abalanzó cubriéndola. Sabrina se levantó de golpe empapada en sudor. Salió de la cama, se dirigió al baño y lavó su cara. Al verse al espejo sus ojos tenían destellos de color púrpura y aún se veía muy agitada.

—Espero que Mathew tenga razón con sus amigos —suspiró sin despegar la mirada de su reflejo en el espejo del baño. Tenía que hacer algo para controlar su maldición y si su amigo estaba en lo correcto, entonces detendría a ese "poltergeist" o lo que fuera.

La pantalla de proyector mostraba en escena una niña que está frente a un televisor el cual tiene estática. La niña está hablando con alguien que le susurra dentro del televisor. Un viento fuerte sale de éste haciendo temblar todo hasta la cama de sus padres. Estos despiertan viendo a su hija asombrados y la niña se voltea hacia ellos diciendo: "Ya están aquí". Luego se presenta las imágenes de una cocina y comedor donde las puertas comienzan a abrirse violentamente lanzando cubiertos, sillas y platos por todos lados. El proyector fue apagado por Jiroshi Yamamoto, líder del club de parapsicología quien comenzó a pasearse de un lado al otro del salón frente a Mathew y Sabrina quien llevaba puestas sus gafas. Ambos estaban asustados por los videos. Esa mañana, había dos alumnos más miembros del club en el salón.

—Lo que acaban de presenciar dama y caballeros es el fenómeno conocido como poltergeist. La primera escena es de la película del mismo nombre del 1982. Sí, mucho antes que alguno de nosotros naciéramos. El segundo video presenciado es un video real —Jiroshi se acomodó sus anteojos con su dedo índice acercándose a los presentes—. ¿Por qué las gafas si estamos en un salón oscuro?

—Sabrina tiene una condición en su vista... —Mathew contestó y Sabrina le interrumpió añadiendo.

—Soy muy sensible a la luz de proyectores. Y me duelen los ojos, las gafas me ayudan con el dolor.

Jiroshi se enderezó y prosiguió con su explicación.

—Bueno, la palabra poltergeist significa fantasma que hace ruido. Es un término alemán.

—Ya me hartan las palabras alemanas —masculló Sabrina en voz baja.

—¿Qué? —preguntó Jiroshi.

—Nada, que no sabía que era una palabra alemana —dijo enderezándose en el asiento.

—¿Qué podemos hacer si hay un poltergeist cerca de nosotros? ¿Cómo sabemos que estamos...

—¿Embrujados?...no mi amigo —interrumpió Jiroshi a Mathew—. Es una gran concentración de energía. La persona es un conductor de esa energía y si no sabe controlarla...

—¿Qué podría suceder? —preguntaron Sabrina y Mathew a la vez.

Jiroshi hizo una señal a sus compañeros de club.

—Sam, Dean, el proyector por favor.

Los otros alumnos volvieron a encender el proyector. Ahora aparece una imagen de una niña en un manicomio mientras Jiroshi va explicando.

—Si no controla esa energía aparecerán entes que la deseen y entonces te perseguirán hasta volverte loca; O quieran poseerte... y ahí no estarías embrujada si no poseída.

—¡Bien, hasta aquí aguanto! —Sabrina dio un manotazo en la mesa. Ya no soportaba más tanta palabra absurda. Ahora no hablaban de embrujados si no de ¿Posesión? ¿Acaso necesitaría un exorcismo? ¡No! Todo esto rayaba ya en la ridiculez... pero ¿y si tenían razón? Las pesadillas que la atormentaban casi todas las noches en realidad la estaban volviendo loca. Estaba luchando contra sus sentimientos todos los días. Ya no sabía qué creer. Tenía que salir de allí o sus ojos comenzarían a cambiar ante tanta frustración.

Mathew intentaba detenerla cuando Sabrina salió por la puerta dando pisadas firmes mientras su cabeza se llenaba ahora de más preguntas que respuestas. Jiroshi le dijo en voz alta antes de que saliera por la puerta.

—Debes controlar esa energía, o Ellos la desearán —Jiroshi le lanzó algo a Mathew quien lo atrapó en el aire—. No se preocupen, lo que se ha hablado aquí, aquí se quedará, nadie sabrá.

Sabrina asentó con su cabeza y se marchó. Mathew miró lo que Jiroshi le había lanzado, una pequeña piedra.

—Es una labradorita, la protegerá —dijo Jiroshi a Mathew antes de que saliera por la puerta.

—Gracias Jiro, te debo una —salió del salón tras Sabrina quien había entrado a otro salón vacío.

—Te dije que no ayudaría en nada. Ahora piensan que estoy embrujada o ¡peor, poseída!

—No dijeron eso, además no dirán nada. Yo me encargaré si abren la boca.

—¿Qué harás?

—Tengo mis métodos, no te preocupes —dijo chocando su puño contra su mano—. Ahora hay algo que me preocupa en lo que dijeron.

—¿Qué cosa?

—En esto creo que tienen razón, tienes que aprender a controlar esa energía.

—¿Crees que no lo he intentado?

Mathew se acercó a ella tomando su mano. Sabrina comenzó a ponerse nerviosa ante su cercanía. ¿Por qué tenía que empaparse de perfume todas las mañanas? Y luego la miraba tan seriamente que no sabía si disfrutar el momento o alejarlo de ella de un manotazo.

—Tenemos que aceptar toda la ayuda que se nos brinde. Yo buscaré toda la información necesaria. ¿Me entiendes?

—¿A qué te refieres Mat?

—Me preocupa que alguien quiera esa energía, alguien que no sea bueno.

—Ay ya, en serio. ¿Crees en los fantasmas?

—Desde que te conocí creo en todo Sabrina. Y ahora estoy hablando en serio. Tienes habilidades diferentes a los demás. Eres especial. No quiero que te hagan daño.

Sabrina se perdió en esos ojos que le brindaban seguridad. Apretó su mano y afirmó con su cabeza sin poder articular ni una palabra.

Ese día transcurrió sin complicaciones. Fue un día cotidiano y Sabrina afortunadamente no se había topado con el odioso primo de su mejor amigo. Ese chico alemán que por alguna razón la irritaba pero a la vez la intrigaba. Ese muchacho escondía algo y definitivamente averiguaría qué era.

Body se encontraba frente a una ventana mirando a lo lejos. El paisaje era hermoso y el sol se ocultaba detrás de las montañas rocosas. A lo lejos se veían las lunas salir. Algo que siempre le había gustado admirar de su mundo. Llevaba la distintiva armadura dorada y plateada de la guardia de Égoreo.

—Boadmyel, Que bueno que respondiste a mi llamado con premura —dijo un hombre que llevaba una túnica azul oscuro cubriéndolo por completo.

—Sí, señor —contestó.

—Tenemos una misión muy importante para ti. Tienes que ser muy discreto. El destino de Égoreo está en juego. ¿Estás dispuesto a dejar todo por esta misión?

—Sí.

—Entonces, debes estar dispuesto a morir. Es necesario que mueras en Égoreo para que cumplas tu misión en la Tierra. Te enviaremos al último lugar que supimos del Fénix, de ahí en adelante estarás solo. Con esto podrás percibirla —dijo el hombre a Boadmyel entregándole un collar con un ópalo que se colocó en el cuello—. El collar percibirá cuando use su poder, entonces comenzará a pulsar. Podrás detectar el rastro de energía. No permitas que ellos la atrapen antes, también desean su poder.

—Sí, señor.

Body se retiró y el hombre se quitó la capucha que lo cubría revelando así un rostro mayor y de un semblante preocupado. Al mirar por la ventana, el anochecer había cubierto el cielo de Égoreo.

—Pronto, Égoreo volverá a su gloria.

Body despertó al oír toques en la puerta de su cuarto.

—Body levántate se nos hace tarde —gritó Mathew tras la puerta de la habitación.

Se levantó tocándose la cara recordando el sueño. Tomó una camisa de su armario y frente al espejo de la cómoda observó en su pecho colgando el ópalo.

—Solo un poco más. Estoy cerca de encontrarte Fénix.

Esa tarde en la universidad Body caminaba muy distraído. Ni

siquiera se dio cuenta cuando Samantha se le acercó hasta que sintió entrelazar su brazo con el de él.

—Hola amor, no me has llamado, ¿No me estarás evitando, verdad? —dijo con seducción en el tono de su voz.

—¡Hey! Samantha hola no te había visto —contestó nervioso retirando el brazo de ella lentamente.

—Sí, bueno he estado ocupada haciendo unos rituales con los del club. Y bien, ¿estás listo para otra lectura de cartas?

—¡No!, no ya… se me hace tarde para una clase. Adiós —gritó alejándose. Poco le había faltado para salir corriendo de allí. Samantha se quedó hablando sola.

—Sí, lo sé, este me gusta, no puedo dejar que se me escape — dijo al aire.

Luego de cerciorarse que esa chica no lo hubiera seguido, suspiró de alivio para luego quedar pensativo.

—¡Uyyyy pero que chica más espeluznante! —dijo estremeciéndose al recordar la cita con ella—. No puedo creer que la haya invitado a salir creyendo que era la Fénix. ¿Quién invoca a los muertos en una primera cita? y leerme el futuro ¡Ja!, yo casarme, ¡JA! tener ¿cuántos hijos? ¡JA, JA, ni loco!

Dos estudiantes que le pasaban por el lado se quedaron mirándolo asustados por cómo iba caminando y hablando en voz alta comenzando a reír como demente ante el recuerdo de la cita. Al percatarse que estaba haciendo el ridículo, apenado, saludó a los estudiantes que le pasaban por el lado.

—Tengo que apresurarme y encontrar la Fénix. Quiero largarme de aquí —presionó el entrecejo con sus dedos.

Llegó hasta la cafetería y tomando su bandeja escuchó a unos chicos conversando algo sobre el accidente de hacía unos días atrás. Prestó atención a la conversación.

—Si hubieras visto lo que vi también hubieras sembrado el auto en el poste —dijo un chico con yeso en su brazo y con vendajes en la cabeza al otro que le acompañaba.

—Por favor no sigas con eso de que se apareció un orco. ¿De qué era? —contestó el otro chico que tenía muletas y un vendaje en el pie.

—El señor de los anillos —dijo el tercer chico quien llevaba los almuerzos a la mesa.

—Sí, ese mismo ¿puedes creerlo? Él dice que vio un orco del señor de los anillos aparecer y desaparecer. Yo creo que el choque lo dejó más loco de lo que la droga lo tiene –dijo el de las muletas riendo—. ¿Y de casualidad vistes un dragón volando también?

—El señor de los anillos es pasado, mejor es Juego de tronos. Modernízate —dijo el chico de la mesa chocando las manos con el de las muletas.

—¡Ya basta! Es en serio yo sé lo que vi —reprochó el chico del yeso en el brazo.

—Ja, bueno y ahora ¿qué te dijo la policía? —preguntó el que estaba en la mesa.

—Que todas las cámaras estaban dañadas y no hay evidencia ninguna de lo que pasó. Estoy frito mis padres me quitaron la ayuda. Ahora tengo que buscar trabajo.

Body se alarmó al escucharlos. «También encontraron el rastro del Fénix, tengo que apresúrame». Así que nuevamente se dirigió a las calles del accidente para investigar. Al pasar por las tiendas del lugar vio a técnicos cambiando las cámaras de seguridad y se acercó a ellos.

—Disculpe, ¿Las cámaras se dañaron con el accidente?

—Al parecer la explosión generada con el choque de alguna manera causó un corto circuito —explicó uno de los técnicos.

—¿Un corto circuito? —preguntó Body.

—Sí —el técnico señaló al poste donde el auto había quedado sembrado y del mismo salían tendido eléctrico a los locales—. Ese poste servía electricidad a las estructuras aledañas. Se quedaron sin luz en el momento del accidente.

—Gracias. Tengan buen día.

Siguió su camino hasta que llegó sin darse cuenta frente a la cafetería de los Stevenson. Miró el local y rio para sí recordando el día que conoció a los tíos de Sabrina. Pasó de largo, pero se detuvo, «Solo un pedazo de tarta de moras». Entonces regresó al local por un pedazo de ese delicioso pastel. Cuando regresara, si era que lo podía hacer, ya no podría saborear esa exquisita tarta.

Tan pronto entró el tío de Sabrina lo reconoció y le invitó a pasar.

—¡Oh! tú eres el primo de Mathew.

—Sí señor.

—Pasa, Mathew no ha venido hoy.

—No se preocupe señor Stevenson. Vine por la deliciosa tarta de moras.

—Ah muy buena elección muchacho —el señor Stevenson señaló a Body que se sentara en la barra que daba frente a la cocina y gritó hacia adentro—. ¡Una tarta de moras especial!

—Entendido —la voz era de una mujer joven.

Body intentó observar por la pequeña ventana donde entregan las órdenes y que daba vista a la cocina, pero no lograba ver nada.

—¿Sabrina trabaja aquí? —preguntó.

—¡Ya quisiera yo! —dijo riendo el Sr.Stevenson—. Ayuda a veces, pero está concentrada en su vida universitaria ahora.

Body terminó su tarta y salió del lugar. Frotó su mano por su barriga.

—Dije un pedazo y casi me ofrecen el pastel completo. Tengo que seguir con la misión o no volveré a casa —recordó tocando su collar.

Continuó recorriendo las calles pensando en lo que había escuchado en la cafetería de la universidad. Si era cierto lo que había oído, significaba que Ellos también habían llegado a la ciudad. Había pasado casi dos años en la Tierra buscando al Fénix. No sabía quién era ni cómo lucía ahora. La única pista que tenía sobre el Fénix es que era una mujer. El rastro de magia que había dejado le dio pistas que lo llevaron hasta Tallulah Falls. La misma magia lo condujo a la casa de los Summers, donde se quedaba hospedado. Su magia le había permitido adentrarse a esta familia controlando sus recuerdos. Sabía que esa familia eran guardianes en ese siglo terrestre, pero por alguna razón no reconocieron la magia de Égoreo en él. Si no lo habían hecho, de seguro tampoco habían tenido contacto con el Fénix pues los hubiera despertado. Se inventó una vida con ellos manipulando los recuerdos. Cada viaje de verano, postales de navidad, cumpleaños, en cada uno de esos recuerdos se encontraba Body. Estaba seguro que estaba haciendo todo como le había ordenado el gelehrt$_{(5)}$, pero olvidó una cosa. Si quería que su misión fuera exitosa, no podía quedarse ni un cabo suelto; Y se había olvidado de atar ese cabo suelto, esa muchacha rubia, entrometida amiga de Mathew. Había olvidado entrar en su mente para recrear recuerdos de él. No pensaba que Sabrina y Mathew eran tan unidos desde niños. Tenía que buscar la manera de encantarla a ella también.

Sabrina y Mathew llegaron a la cafetería de los Stevenson. Colocaron sus bultos en una de las mesas y se sentaron. El tío de Sabrina se les acercó sonriendo.

—¿Qué vas a comer Mat?

—Lo mismo de siempre señor Stevenson, Gracias.

El tío se quedó mirando a Sabrina esperando una reacción de ella.

—No tengo hambre tío, gracias.

—No te estoy mirando para pedir tu orden. Ve y prepara la hamburguesa de Mathew.

—Oh, sí. Ya voy.

El señor Stevenson se sentó a la mesa con Mathew tan pronto Sabrina se levantó.

—Tu primo Body vino hoy y comió tarta de moras.

—¿Sí?. Le contó a mi papá que su pastel de moras era lo mejor que había probado.

—Me preguntó si Sabrina trabajaba aquí.

Hubo un silencio por un par de segundos y luego los dos explotaron en carcajadas.

—¿Que si Sabrina trabajaba aquí? —preguntó Mathew limpiándose una lágrima.

—Sí. Me reí con la pregunta pero luego me quedé pensando, porqué me habrá preguntado.

—Mi primo no conoce a Sabrina como yo tío.

—Mi sobrina es muy hermosa y no dudo que cualquier chico algún día la conquiste. Sabes a lo que me refiero, ¿Verdad hijo? Ya cumplirá veinte años, a esa edad ya estaba casado con Clara.

—Sabrina será hermosa, pero con su carácter…

En ese momento llegó Sabrina con una hamburguesa quemada, la colocó frente a Mathew y este vio la carne levantando el pan.

—Comoquiera te la vas a comer, así que no la mires para quejarte. Ya sé que se estaban burlando. Vaya familia que tengo.

Sabrina volvió a la cocina cuando Amy la llamó para que lavara los platos y así ella pudiera ir a su clase de jiu jitsu(10). Salió de la cocina entregándole a Sabrina un delantal y se despidió de su tío con un beso. Mathew puso la mejilla para que le diera un beso también, pero Amy le puso la mano en la cara echándolo hacia atrás.

—Come tu hamburguesa Mathew —dijo saliendo del local.

Transcurrió media hora desde que Body había salido de la cafetería. Su celular comenzó a sonar una alarma que indicaba el comienzo de una clase.

—¡Rayos tengo clases! Seguiré investigando mañana... Aunque... ¿para qué tengo que estudiar en esta universidad si éste no es mi mundo? Tengo una misión...pero, por otro lado tengo que mantener una cuartada. Si llaman a mis tíos estaré poniendo en riesgo la misión.

Mientras Body luchaba en su interior, una chica de cabello largo y negro como la noche pasó por su lado. Body levantó la vista y al ver la espalda de la joven recordó haberla visto en algún lugar. Recordó los sucesos del día del accidente, ese mismo perfil de una chica alta de cabello negro y parecía que tenía anteojos. Body sacó su collar de ópalo y lo observó. El collar no pulsaba, entonces recordó lo que le había dicho el gelehrt. «El collar percibirá cuando use su poder, entonces comenzará a pulsar. Podrás detectar el rastro de energía».

—Si no ha usado su poder hoy no lo podré detectar, pero estoy casi seguro que es la misma chica —dijo para sí.

Su celular comenzó a sonar nuevamente con la alarma y la apagó decidiendo seguir a la chica. Cuando cruzó la calle tras ella, alguien le gritó:

—¡Body!

—¡Ay No! —reaccionó cubriéndose la cara al ver a Samantha que se dirigía hacia él.

Nuevamente la chica llegó a colgarse de su brazo. «Intenté que me olvidara antes pero con tanto amuleto que lleva creo que evadió la magia que hubiera podido funcionar», pensó. Samantha seguía colgada de su brazo hablando de los preparativos para una segunda cita, pero él no prestaba atención. Buscaba una forma de salirse de este lío y tuvo que utilizar su recurso de emergencia. No pensaba que tendría que recurrir a tal método para hacer que su magia funcionara en ella, pero en este caso tendría que hacerlo. No tenía otra opción. O esta chica retrasaría su misión, o se la echaría a perder.

Sabrina y Mathew habían salido en auto a llevarle el cinturón de jiu jitsu a Amy el cual se le había quedado en la cafetería cuando salió a prisa para su clase. Se detuvieron en el letrero de "Alto" y vieron a Samantha con Body.

—¡Uuu! Creo que esta unión es más sólida de lo que pensabamos —Sabrina frotaba las manos como si presenciara un jugoso chisme.

—¡Es porque Samantha está pegada con "crazy glue"! ¿no ves como no lo suelta? —dijo Mathew.

En ese momento sucedió algo que los dejó perplejos. En un movimiento brusco, Body tomó a Samantha por la cintura y le plantó un beso en los labios. Sabrina y Mathew se quedaron boquiabiertos ante la puesta en escena de un beso inesperado y más de Body a Samantha cuando hace unos días estaba huyendo de ella.

—¡Vaya, vaya! Por fin Samantha logró conquistarlo —Sabrina levantó sus gafas sorprendida y Mathew se había quedado sin poder emitir una palabra—. Mueve el auto tenemos que llevarle el cinturón a Amy. Dejemos a los tórtolos solos.

—Sí, sí. Wow, no sé ni qué pensar. Tendré que dialogar seriamente con mi primo esta noche.

El Ford fiesta continuó su ruta alejándose del lugar. Body rompió el beso dejando a Samantha mareada y continuó su camino cruzando la calle. «¿Por dónde habrá ido la chica de cabello negro? ¿Dónde estás Fénix?» pensó para sí mientras cruzaba dejando atrás en la acera a Samantha que despertaba de su letargo.

—¿Dónde...Qué...que pasó?...Clases, tengo clases —dijo continuando su camino.

Sabrina y Mathew contaban a Amy lo que sucedió en la intersección antes de llegar. Ocultando una sonrisa Amy veía a los dos amigos contarle lo sucedido con un asombro genuino.

—¡Jamás pensé que mi primo terminaría de novio con Samantha!

—¿Samantha?, ¿la novia "algo tocada" que tenías en la secundaria? —preguntó Amy.

—Sí.

—Hay un dicho que dice "Para el gusto se hicieron los colores" —dijo Amy.

—Pero ese gusto y ese color no emparejan en nada —dijo Mat.

Sabrina y Amy se miraron dibujando en sus caras una sonrisa de complicidad. Ambas hermanas lo observaron cruzándose de brazos alzando una ceja.

—¿No será que te estás poniendo celoso? —preguntó Sabrina estudiando la reacción en el rostro de su amigo.

—Yo creo que es eso. Cuando tu primer amor tiene a alguien más, dicen que los celos pueden surgir —dijo Amy con una media sonrisa.

—¿Qué?, nooo no no no. Yo caí por tres días solamente —trató de defenderse Mathew.

—¡Un mes! —exclamaron a la vez las hermanas.

—Aun así... Samantha no es mi primer amor —dijo Mathew seriamente.

—Uuu, entonces ¿quién? —dijo Amy como si estuviese hablando con un niño.

En ese momento el maestro llamó a los estudiantes a formarse y Amy se despidió con un gesto de manos. Mathew suspiró pensando en voz alta.

—Uff salvado por la campana.

Ambos amigos salieron del local camino hacia el automóvil.

—No siempre el primer amor es el indicado. A veces está cerca y otras no, pero en su momento llegará —dijo Sabrina en un tono serio. Ella estaba consciente de la fascinación de Mathew por su hermana. No dudaba que ese suspiro de alivio ante aquella pregunta era porque sin duda alguna Amy era su primer amor.

Mathew se detuvo y se volteó para encararla. Nuevamente hacía esa mirada que la dejaba sin palabras. Era como si quisiera adentrarse en sus ojos y eso la hacía tartamudear.

—¿Qu...Qué? —reaccionó ante esa mirada profunda de Mathew.

—Lo sé...—Su voz reflejaba tristeza. Era como si le diera la razón y aceptara una derrota. Pero tan pronto como se daba por vencido cambiaba el tema con jocosidad—. ¿Estás estudiando filosofía o qué?

—Ay ya muévete. Vámonos, quiero llegar a casa —siempre tenía que arruinar el momento. Pensaba que se daría por vencido con Amy pero ahí volvió otra vez. ¿Cuándo encararía la realidad que ese primer amor era algo sin futuro?

—Espera... quiero que lleves esto contigo —dijo deteniéndola por el brazo y entregándole un collar en forma de lirio acuático con una piedra de múltiples tonalidades en el centro. Sabrina lo tomó y se quedó conmovida mirando el hermoso collar. ¿Por qué le entregaría algo así?

—Todavía no es mi cumpleaños.

—Lo sé; es para que te proteja. ¿Recuerdas lo que los chicos del club dijeron sobre tu energía? Pues estaba leyendo que algunos tipos de piedras se utilizan para nivelar las energías del cuerpo y proteger. Pensé que te podría funcionar. Es una labradorita.

—Gracias Mat... es hermoso —Sabrina se colocó el collar y lo observaba con una sonrisa dibujada en sus labios. Sentía su corazón latir conmovida por el gesto de su primer amor.

Esa noche Body salía de darse un baño y al entrar a la habitación que usaba, Mathew entró tras él. Encendió el PS4 y le dio un control de juego a Body quien lo tomó sentándose a su lado y comenzaron a jugar.

—¿Va enserio lo de Samantha? —preguntó Mathew mirando de reojo a su primo luego de dos minutos de juego.

—¿Qué?

—¿Qué si vas enserio con Samantha?

—¿Cómo me preguntas si sabes que le llevo huyendo desde hace días?

—¿Entonces por qué la besaste? —Body lo miró asombrado. ¿Cómo rayos sabía de eso? Casi se le cayó el control de las manos ante la noticia de que lo habían pillado mientras le borraba la memoria a esa chica—. Sabrina y yo... —continuaba Mathew explicando, pero Body lo interrumpió.

—¿Sabrina? ¡Esa unverschämter zw...!

—¡Oye!, cuidado cómo te expresas de ella.

—Actúas como si fueras su guardaespaldas o...¿eres su novio?

—Es mi mejor amiga, es familia. Mis sentimientos por ella son puros como los angelitos.

—De acuerdo como tú digas...

—Decía que Sabrina y YOOO, te vimos en la intersección, con Samantha.

—Espera, espera primo. ¿Aún sientes algo por Samantha?...te pregunté...

—¡Wooojojojo No!, ¡Dios, no!

—Como sea, no tienes que preocuparte, alarmarte o andar de chismoso con tu mejor amiga. Ella y yo no tenemos nada. NA-DA.

—Ok. Ahora sí estoy confundido.

—Fue un beso de despedida.

—¡No way!

—Piensa lo que quieras. Puedes preguntarle tú mismo mañana. Body se levantó, apagó el juego y se acostó en la cama.

—Tengo examen mañana. Y dile a la zwerg —hizo una pausa y suspiró— ...Sabrina que deje de estar espiándome.

—Espiand... whatever, ¡Peace! —dijo Mathew saliendo del cuarto.

Mathew entró en la habitación conjunta y se acostó en la cama. Brincó varias veces en ella y pensaba en voz alta: «Qué bueno que decidí dejarle mi habitación a Body. La cama de Aoshi es más cómoda». Se arropó de pies a cabeza y luego sacudió las sábanas quedando sentado en la cama. "¿Sabrina espiando a Body?".

A la noche siguiente en la biblioteca central del pueblo, Mathew y Sabrina se encontraban buscando información de los poltergeist. Mathew colocó en la mesa dos libros relacionados al tema y comenzó a hojearlos.

—Estás exagerando Mat —expresó Sabrina sacando otros libros de sus clases.

—Te dije que "tenemos" que buscar información y permíteme recordarte que no haré el trabajo solo.

—Como sea...Oye, esta mañana vi a Samantha.

—¿Y?

—Le pregunté si ya estaba saliendo con Body y sabrás que me dijo que no quería saber de él.

—¿En serio? —echó el libro hacia el lado y puso atención.

—¿Para qué la besa y luego terminan?, no tiene sentido. Tu primo es raro, ¿No será un tipo de casanova verdad?

—No lo creo...pero...cambiando el tema... ¿Llegaste a hablar con tu hermana sobre lo de ya sabes qué?

—Hablarme de qué —dijo Amy acercándose tras ellos.

Mathew y Sabrina se sobresaltaron y colocaron los libros sobre los que Mathew había traído.

—¿Qué hacen?, me es extraño ver a mi hermanita tan aplicada en la biblioteca.

—Hola Amy —dijo Mathew con ojos de cachorro y con una sonrisa.

—Soy inteligente aunque no me veas estudiar tanto —expresó Sabrina luego de un suspiro levantándose—. Voy al baño.

Cuando salió del baño, vio a Body en otra de las mesas con tres libros abiertos y casi halándose los pelos. Se acercó a él con curiosidad.

—¡Hola primo de Mathew! —soltó sentándose de sopetón frente a él.

—Mi nombre es Body —estaba visiblemente fastidiado por la manera como había llegado y lo había asustado al sentarse de sopetón. Sabrina lo observó y le extendió la mano—. ¿Qué deseas? —la miró de reojo.

Sabrina movió su mano para que Body la estrechara y él puso sus ojos en blanco extendiéndole la mano.

—¡Mucho gusto, Sabrina Tanner!

Body soltó la mano de Sabrina algo molesto por la broma.

—¿Qué haces aquí?, no te ves muy aplicada para estar en la biblioteca.

—Qué manía de las personas dejarse llevar por estereotipos y las apariencias. Porque sea rubia y tiña mi cabello de rosa, vista a la moda y sea casi una modelo de pasarela no me hace tonta ¿sabes? —dijo quitándole la libreta y el libro.

—¡Oye! ¿Qué crees que haces niña?

Sabrina guardó silencio y no le contestó mientras seguía escribiendo en la libreta. Body miró para todos lados incrédulo y algo molesto. ¿Por qué tenía que aparecer esta chica? Cuando fue a quitarle la libreta ella se la devolvió.

—Ten, no es tan difícil como para querer arrancarte los pelos de la cabeza —Sabrina se levantó de la mesa y se retiró—. ¡Adiós primo de Mathew!

Body tomó la libreta en sus manos y observó la extensa ecuación de cálculo ya hecha. Levantó la cabeza y vio a Sabrina doblar por un pasillo. Incrédulo en que esa chica pudiera haber resuelto la compleja ecuación sacó su calculadora y volvió a hacer los cálculos. ¡No podía ser cierto, en realidad estaba bien hecha! Ahora podía entender la operación matemática a la cual le había hecho pequeñas anotaciones en una esquina junto a una carita que sacaba la lengua. Pasmado volvió a mirar en dirección a Sabrina y se levantó de la mesa.

Sabrina llegó a la mesa donde estaban Amy y Mathew conversando y se sentó en medio de los dos. Mathew trataba de invitar a Amy a salir por vigésima vez.

—Si me hubieses dado la oportunidad desde la primera vez ya estuvieras segura que en verdad valgo lo que peso en oro.

—Entonces no debes valer mucho —se burló Amy.

—¡Auch! Directo al corazón —indicó Sabrina—. ¡Qué cruel eres hermana! Sigue así.

—No me ayudes Sabrina. Con amigas como tú para qué necesito enemigos —masculló Mathew tocando su pecho.

—No te ofendas Mathew, solo que no eres mi tipo —expuso Amy levantándose de su silla.

—¡Auch!, ese sí fue un golpe bajo, yo tú me retiraría —comentó Sabrina colocando su mano en el hombro de Mathew—. Amy tiene razón. Su tipo es el sensei Miyagi.

—No se llama así —reprochó Amy.

—¡Sabía que era Splinter!

—¡Sabrina!... Tengo que irme, voy a ayudar a los tíos a cerrar la cafetería.

Amy se retiró y Mathew recostó la cabeza sobre la mesa en un acto de frustración. Sabrina puso la mano en su hombro.

—Acéptalo Mat, a menos que no seas un cinta negra en jiu jitsu, no tendrás posibilidades con mi hermana.

—Lo sé. Sigamos buscando información –se sentó derecho agarrando uno de los libros, cuando en ese momento llegó Body y Mathew cerró el libro de sopetón colocando una libreta encima ocultando el título que leía "poltergeist".

—Hola primo —dijo Body.

—Hola Body

—Hola de nuevo primo de Mathew —se burló Sabrina.

Body respiró hondo y sentándose a su lado le dijo:

—Solo quería darte las... —en ese instante, vio con el rabillo del ojo a la chica de cabello negro salir de la biblioteca. Se levantó de la mesa algo impaciente—. Nos vemos mañana. Me surgió un compromiso.

Se retiró dejando a Sabrina y a Mathew perplejos.

—Vaya y pensar que me daría las gracias —dijo Sabrina.

—¿Por qué? —preguntó Mathew.

—Le ayudé a resolver una ecuación de cálculo.

—Uuu se habrá quedado sorprendido y algo tonto. Sigamos

leyendo, hay que aprovechar el tiempo. Toma —extendió su mano dándole uno de los libros.

Body salió de la biblioteca y comenzó a seguir a la chica de cabello negro. Ahora estaba seguro que era la chica de las cámaras de seguridad. La vio llegar hasta la parada de autobuses y tomar el primero que pasó. Entró y se sentó tras ella. Amy comenzó a mirar de reojo pues tenía el presentimiento que ese chico extraño la estaba siguiendo. Cuando se detuvo el autobús, Amy bajó y Body la siguió. Dobló una esquina pensando «No debo llegar a la cafetería aún». Cuando Body dobló la misma esquina, el callejón estaba solitario y no había ni un rastro de la chica de cabello negro. Amy lo observaba desde lo alto del edificio con suspicacia. Ese extraño que la estaba siguiendo ¿sería un asaltante?... ¡No! Entonces un destello de luz de un auto iluminó el callejón. Ella notó el reflejo del sujeto en un charco de agua de la calle y le pareció ver un tipo de armadura. "Temo que ya nos encontraron" dijo desapareciendo del lugar dejando tras ella una estela de humo índigo.

Mathew y Sabrina salieron de la biblioteca hacia la cafetería y detuvieron su camino en un pequeño parque para niños.

—Recuerdo que solíamos jugar en uno igual a este donde nos criamos —la voz de Sabrina tenía un aire de nostalgia.

—Sí, lo recuerdo.

—Quisiera volver a ese tiempo Mat —dijo montándose en un columpio.

—¿Por qué dices eso? —se acercó y colocando sus manos en las cadenas del columpio comenzó a mecerla.

—Me solías empujar bien alto. Hazlo ahora por favor, quiero que me nazcan alas y tocar el cielo.

—¡Eres pesada ahora Sabrina!

—Pues crea músculos y empuja —esto era increíble. Ella trataba de crear un momento especial y él se refería a su peso.

Mathew comenzó a empujarla cada vez más fuerte y más alto. Ambos reían recordando los momentos de su infancia. Siempre habían pasado muchas adversidades juntos y ahora con este nuevo reto Sabrina sentía que al lado de su amigo podría superarlo también.

—¡Nunca te irás Mathew!, ¿Verdad? —gritó Sabrina.

—¿Qué?

—¡Que nunca te aleja...

En ese instante una de las cadenas del columpio se rompió y Sabrina perdió el balance cayendo hacia atrás. Por fortuna Mathew se encontraba tras ella y la agarró, pero ambos cayeron al suelo. Mathew sentó a Sabrina y comenzaron a sacudirse la arena mutuamente mientras reían. Sabrina guardó silencio y se quedó mirando a los ojos color azules de Mathew sintiendo su corazón palpitar con fuerza.

—Nunca te alejarás de mí, ¿verdad Mat? —dijo rompiendo el silencio.

Mathew dejó de reír y vio en su amiga una genuina preocupación.

—¿Por qué preguntas?

—Es que...

—Sabes que somos el dúo dinámico. ¿Qué podría haber en este mundo que nos separe?

El corazón de Sabrina comenzó a latir fuertemente, tan fuerte que tenía miedo de que Mathew fuera a escucharlo. En un segundo cerró los ojos y comenzó a acercarse más en dirección a su amigo. Mathew comenzó a caer en cuenta de lo que estaba sucediendo y se había quedado petrificado por un momento. Había jurado estar a su lado, como amigo, como hermano. Eran el dúo dinámico, pero aunque Sabrina había sido su primer amor, desde el momento en que volvió a ver a Amy en la secundaria su corazón había sido hechizado por la hermana mayor. Desde que la vio había soñado la vida junto a Amy. Amaba a Sabrina como a una hermana, sus sentimiento eran como le dijo a su primo en una conversación, puros como los angelitos. Se sentía mal el ver que Sabrina habría malinterpretado su amistad y no quería herirla. Tampoco quería que destrozara el parque si su poder se activaba. Intentaba pensar en qué hacer hasta que vio en el suelo las gafas de sol. De inmediato tomó las gafas y se las colocó en su rostro. Su amiga se detuvo y abrió los ojos.

—Tus gafas, se cayeron, ¡Mira las encontré! —Mathew se levantó y la ayudó a levantarse—. El dúo dinámico siempre estará junto, somos Batman y Robin, hermanos de armas hasta el fin. Así que no tienes por qué temer. Este par de hermanos unidos es invencible...y aunque en un futuro tengas novio, soy tu hermano mayor, no lo olvides, tienen que pasar mi aprobación.

Sabrina se levantó y acomodando sus gafas le dijo con resignación.

—Gracias Mat, lo sé. Batman y Robin, y yo soy Batman.

—¡Eso! —dijo Mat dándole un toque con su puño en el hombro.

Sabrina comenzó a alejarse en dirección contraria.

—El Auto está en esta dirección —señaló al verla alejarse.

—Yo...seguiré a casa, no te preocupes, no te atrases. Quiero caminar para estirar las piernas y que todo caiga en su sitio luego de la golpiza que nos dimos. Te veré mañana en la Universidad.

—Sí.

—¡Ah!... y... Feliz cumpleaños Mat.

—Gracias por acordarte —gritó Mathew.

Sabrina dio la espalda y se alejó corriendo. Mathew se quedó parado observando cómo su amiga se alejaba. Sabía la intensión de aquél momento, pero no podía permitir que algo pasara. Sabía que su orgullo estaba herido, la conocía muy bien. Se sentía culpable pero no debía darle falsas señales cuando estaba enamorado de la hermana mayor. Sentía coraje consigo mismo y apretando su camisa en el pecho dijo en voz baja.

—Perdóname Sabrina, perdóname.

EL GUARDIÁN

*E*n la mañana del viernes Mathew salía de la ducha al ritmo de la canción de Lesley Gore, "It's my party and i cry if i want to". Con su cabello mojado y su cepillo en la mano como micrófono iba cantando. Se miró al espejo echándose colonia.

—Es tu cumpleaños muchachón, ¿Por qué llorar? —cambió la canción y ahora sonaba "Happy Birthday country" de Truck Stop —. ¡Country style, yeah!

Body pasaba por el cuarto de Mathew cuando oyó la música desde afuera y se detuvo frente a la puerta. Acercó su oído y escuchó a Mathew cantar desafinado.

—En qué familia he venido a parar.

El timbre del teléfono se escuchó y la mamá de Mathew gritó de emoción.

—¡Hijo que bueno que llamas!… ¿cuándo vendrás?… Han pasado meses desde la última vez que viniste… ¿Qué?… sí te lo paso… ¡Mathew, teléfono, tu hermano quiere hablarte!

Mathew abrió la puerta tropezando con Body que estaba frente a ella.

—¿Querías algo?

—No, no. Feliz cumpleaños.

—¡Gracias! —dijo pasándole por el lado agarrando el teléfono y entrando a la habitación cerrando la puerta nuevamente.

—Hola Aoshi hoy es mi cumpleaños que me vas a regalar.

—¡Wow! ni tiempo para saludar. Hola, feliz cumpleaños Mathew —dijo Aoshi desde la otra línea.

—Gracias hermano. ¿Vendrás en estos días?

—Esta vez no podré ir, tengo mucho trabajo. Iré para las fiestas de navidad. No creas que me olvidé de ti. Busca algo en mi habitación y quédatelo como regalo. ¿Cómo está todo por allá?

—Todo bien. Quedándome en tu cuarto, ya que le cedí el mío a Body —dijo buscando en el guardarropa de su hermano. Sacó una caja pesada con una inscripción que decía "Wächter"$_{(11)}$ y al abrirla vio unos libros viejos y sobre ellos una bolsita de terciopelo. Mathew sacó el contenido de la bolsita, un collar de ojo de tigre. Se veía antiguo y de valor. «¡Uuu místico!» pensó al tomar el collar en sus manos.

—¿Body, un amigo tuyo? —preguntó Aoshi.

—Que gracioso Aoshi. Body, nuestro primo.

—¿Quién?

—Encontré un collar que tenías guardado lo tomaré de regalo.

Mathew comenzó a colocarse el collar, mientras su hermano desde donde se encontraba sospechó de lo que Mathew le hablaba. Recordó los libros del abuelo que se encontraban en su guardarropa y el collar de ojo de tigre. Recordó fugazmente el significado de todo aquello que había dejado cuando se fue de la ciudad. No pensaba que la misión encomendada a su familia y que había pasado de generación en generación al primogénito hasta llegar a él se cumpliría. Había dejado todo esos cuentos del abuelo como una mera leyenda. Ahora que su hermano le hablaba de un primo llamado Body un presentimiento invadió su mente. Nunca había oído ese nombre en la familia. Ese mundo que él conocía pero nunca había visto ya era una realidad y él se encontraba lejos. Su familia podría correr peligro. Justo en el momento que iba a advertirle a su hermano que no tocara el collar, Mathew terminó colocándoselo en el cuello. Una fuerza invadió la habitación y los ojos de Mathew comenzaron a brillar. A su hermano le pasó lo mismo en la ciudad donde se encontraba. Los ojos de los hermanos volvieron a su estado normal y tomaron el auricular.

—Gracias por el regalo Aoshi —mencionó Mathew en un tono serio.

—...sí, sí...eso creo. Que la pases bien hermano, saludos a Sabrina.

—Se los daré —terminó la llamada y salió de la habitación para encontrarse nuevamente con Body de frente.

—¿Qué? —preguntó Mathew.

—¿Está todo bien? —preguntó Body con algo de preocupación en su rostro ya que había sentido un aire de magia desde la habitación.

—Sí, ahora todo está de maravilla, claro como el agua —dijo poniendo la mano en el hombro de su "primo" y luego bajó las escaleras—. Vámonos, ya es tarde. Pensé que tenías examen hoy.

Ese día en la Universidad Sabrina había estado evadiendo toparse de frente con Mathew. Recordaba los acontecimientos de la noche anterior y dándose en su cabeza se decía. "Eres una tonta Sabrina Tanner, casi le declaras tus sentimientos. Ahora cómo vas a encararlo. Lo más seguro se dio cuenta de lo que pretendía hacer".

—¡AAAHHH que vergüenza! —masculló despeinándose el pelo. Body se encontraba tras ella justo en ese momento.

—¿Nueva moda de cabello?

Sabrina se sobresaltó colocándose sus gafas de sol y volteándose. Body sonrió coquetamente acercándose al rostro de ella.

—¿Por qué tienes que usar tus gafas dentro de los pasillos?

—¿Y por qué tienes que acercarte tanto? —dijo Sabrina empujándolo suavemente—. Creí que los alemanes amaban su espacio personal.

Body se colocó derecho y retrocedió un paso. Había olvidado su coartada como estudiante de intercambio. Sabrina era lista para muchas cosas aunque él hubiera pensado lo contrario desde la primera vez que la vio. ¿Cómo poder acercarse a ella lo suficiente para encantarla? Tenía que adentrarse en sus pensamientos y crear su imagen en sus recuerdos. Esta chica testaruda no lo miraba a los ojos, lo evadía y siempre andaba con esas gafas cuando la veía.

Tendría que intentar seducirla de alguna manera. Mathew le había asegurado que sus sentimientos por su amiga eran "puros como los angelitos". Entonces tendría que intentarlo para encantarla y alejarla. Sabrina vio que Mathew se acercaba y quiso salir de allí. Cuando se disponía a retirarse Mathew la haló por la camisa y la detuvo.

—¿De qué huyes cobarde?, ¿te olvidaste de mi regalo?

—¡No!... es que no lo tengo aquí.

—¡Qué clase de familia tengo! Al menos invítenme a un batido natural, ¡vamos! —Mathew colocó sus brazos sobre los hombros de Body y Sabrina.

Llegaron hasta la cafetería y Body se dirigió a la caja registradora ordenando los batidos mientras Sabrina y Mathew estaban esperando en la mesa.

—¿Por qué me estas evadiendo? —preguntó colocando los codos en la mesa y las manos en el mentón.

—¿Yo?... ¿quién?... ¿Yo? —tartamudeó Sabrina fijando sus gafas de sol.

Mathew la miró seriamente y Sabrina al no querer ver esos ojos azules, bajó la cabeza. Él sabía el por qué actuaba de esa manera. Ella estaba avergonzada de lo ocurrido la noche anterior. Mathew suspiró hondo y le tiró con una servilleta llamando su atención.

—Hagamos que lo de anoche nunca pasó. ¿Te haría sentir mejor?

Sabrina no contestó, pero afirmó con su cabeza. Mathew dio un ligero golpe en la mesa y sonriendo expresó.

—¡Muy bien, página uno!... ¿Cuál es mi regalo?

—¡Qué exigente eres!, ni siquiera con tu "hermanita".

—Ya tengo el regalo de Aoshi, y eso que tú estás en la misma ciudad —extendió la mano—. Venga, venga ¿dónde está?

Body llegó con los batidos y Sabrina le quitó uno colocándoselo a Mathew en la mano que tenía extendida.

—Aquí está tu regalo.

—¡Oye! Eso lo pagué yo —reprochó Body.

—Te contesté el ejercicio de cálculo, así que estamos a mano.

Al terminar sus batidos Mathew se dirigió a Sabrina en un tono calmado y serio.

—A partir de mañana estaré en una clase de investigación con varios profesores.

—Así que tendré las tardes ocupadas.

—Oh, entiendo —expresó Sabrina en voz baja.

—Tengo reunión con los profesores, así que tengo que retirarme ahora. Gracias por la batida.

Mathew se levantó y se retiró sin decir nada más. Body percibió que había un ambiente raro entre ambos amigos, pero cuando fue a preguntarle a Sabrina qué estaba pasando, ésta se levantó de la mesa y se retiró en dirección contraria. Body se quedó confundido, al levantarse su celular comenzó a sonar y al mirar quien era alzo una ceja.

—¿Mat?, ¿Se te quedó algo?...sí, ya voy.

Body llegó hasta uno de los jardines de la universidad donde bajo un árbol estaba Mathew esperándolo.

—¿Qué sucede? —preguntó Body cuando se acercó.

—Necesito un favor tuyo, y como me debes una aquí te la voy a cobrar.

—Ya pagué el batido…

—No es eso, créeme, ahora solo escucha por favor.

Body miró a los alrededores intrigado por lo que su "primo" le diría.

—¿Algo pasó entre tú y Sabrina? —preguntó Body al no contener su curiosidad.

—Ya no podré estar a su lado como antes.

—¿Qué pasó?

—Necesito que la protejas.

—¿Qué?...No vas a decirme lo que pasó.

—No. Solo que Sabrina no es tan fuerte como crees. Un libro podrá tener su portada dura y áspera, pero la historia que encierra puede conmoverte hasta las lágrimas.

—Estoy confundido.

—Somos "familia", ¿Crees que al menos podrías hacerme el favor como "familia"?

—De…acuerdo, pero no te pongas tan serio. Comienzas a preocuparme y entre nosotros se supone que el serio soy yo.

—Entonces…

—Sí, en lo que pueda —dijo Body pero en su interior comenzaba a preguntarse «¿Qué rayos estoy haciendo?, mi misión, no puedo detenerla»—. Cuenta conmigo —terminó diciendo pero en su mente se reprochaba «¡Rayos! ¿Qué acabo de hacer?».

Se dibujó una sonrisa en los labios de Mathew quien acercándose a Body le pasó el brazo por el hombro en complicidad.

—Solo debes seguir unas pequeñas recomendaciones en cuanto a Sabrina se trata.

—Espera un momento; ¿Me vas a dar a cuidar un cachorro, un bebé o un adulto?

—Solo escucha. Regla número uno: No la hagas enojar.

—Sí, ya he visto su carácter.

—Mmmmmm…regla numero dos: No la hagas llorar.

—¿Sufre de bipolaridad?

—Regla número tres: Que no se asuste.

—¿No puedo hacerle ni una broma?

—Y por nada, naaaada del mundo permitas que beba alcohol.

—¿Por qué?

—Solo confía en mí. ¿Recuerdas cuando te advertí de Samantha?

—Sí, sí, sí, sí no me lo recuerdes por favor. Creo que al terminar esto serás tú quien me deba favores hermano.

—No lo creo, pero, gracias.

Esa tarde Body se la pasó siguiendo a Sabrina sin entenderse a sí mismo por qué estaba cumpliendo la petición de Mathew. Fue a clase de Yoga, el supermercado y a la cafetería de sus tíos. Body tomó asiento cerca de Sabrina que sacaba su bulto y comenzó a trabajar. Clara, la tía de Sabrina se acercó a ella.

—¿Mathew no vendrá hoy?

—No tía, comenzó trabajo de investigación en la universidad, así que ya no estará cerca por un tiempo.

—Qué lástima, Robin ya no estará tan cerca de Batman —dijo la tía pasándole la mano por la cabeza a su sobrina y colocando un plato con un pedazo de tarta.

Body se acercó tomando asiento en la mesa frente a ella.

—Hola… Sabrina… qué casualidad verte aquí.

—Vivo aquí. Además me has seguido todo el día, no sabes disimular.

—Pues…

—Dile a Mathew que estaré bien, no soy una niña —dijo poniendo atención a sus libros.

—¿Qué pasó entre ustedes? —preguntó al ver a Sabrina ponerse tensa.

—Sin comentarios. Y por favor deja de estar intentando verme a los ojos, como si quisieras leerlos. No seas curioso… ¿Quieres un pedazo de tarta de moras? —ofreció su plato.

—Sí, gracias —dijo tomando el plato y comenzando a comer la tarta aún observando a Sabrina.

«Se ve ¿triste, tensa, enojada? ¡Malditas gafas que no se las quita ni para estudiar! ¿Cómo voy a encantarla si no me permite acercarme? Sin adentrarme en sus ojos no podré hacer nada». Pensaba Body mientras devoraba la tarta de moras del plato.

Esa misma tarde Amy se encontraba en la escuela de jiu jitsu practicando. Mathew entró y esperaba que la lección de Amy terminara pues tenía algo importante que decirle.

—Hola Mathew… ¿y Sabrina? —preguntó Amy al culminar la clase.

—Solo vine yo, pues quería hablar contigo a solas.

—Mathew… En serio no quiero que ni tú ni Sabrina se sientan mal. No sigas insistie…

—Quiero entrenar también.

—¿Perdón?

—Sé quién eres y tu misión, shützend. Ayúdame a cumplir la mía. Entréname, necesitamos protegerla.

Los ojos de Amy se abrieron del asombro. Mathew, el mejor amigo de su hermana, a quien consideraba como un chico débil e inmaduro estaba revelando el propósito de su existencia. Ese mortal, ¿Qué podría saber del secreto de su familia, de su mundo? Hacía unos años ese nuevo poder había despertado en ella. Había recordado la misión que llevaba. Proteger a la escogida, el último Fénix. Había sido enviada con otra shützend a la Tierra. Aun en su corta edad terrestre cuidaba y protegía a su hermanita. Solamente tuvo su memoria de Égoreo por dos años. Cuando su compañera shützend murió en ese fatal accidente, perdió la consciencia de quien era. Los mejores amigos de su tía las adoptaron como hijas y las llevaron a Georgia.

Ese día fatal, hace 15 años en el pasado estaba lloviendo, como lo había estado toda esa semana. Las carreteras estaban resbalosas y se había advertido sobre derrumbes cerca de las áreas montañosas. Sarah llevaba a las niñas de regreso a casa luego de un día de escuela. La pequeña casa en las montañas era un lugar acogedor y solitario. Perfecto para mantenerse ocultas y a salvo si decidían buscarlas. Las niñas solo podían ser recogidas por ella o sus padrinos. Era lo único seguro que podía hacer por ellas. Quería que dentro de todo, pudieran tener una vida normal como cualquier niño. Y Amy, aunque fuera madura para la edad que aparentaba, viviera sin preocupaciones y el temor de ser encontradas por Ellos.

De camino a su hogar Sabrina no dejaba de mencionar el nuevo amigo que había hecho en la escuela.

—Sabes que no debes tener amigos —dijo Amy de diez años a la pequeña del asiento protector.

—Es un buen niño, tiene una condición en la vista como yo.

—Es bueno que tenga amigos Amy —dijo Sarah, la mujer de cabellos rojizos que conducía el auto.

—Si la descubren ya no habrá futuro para nosotras —decía la pequeña Amy a Sarah.

La pequeña Sabrina se cruzó de brazos y comenzó a enojarse ante los regaños de su hermana.

—Debes aprender a controlarte. No debes dejar que vean tus ojos, te creerán un monstruo y te alejaran de nosotras. ¿Quieres eso, que te alejen? —Sabrina comenzó a hacer pucheros ante los regaños de Amy—. No llores, debes ser fuerte. Los mortales te debilitan.

—¡Amy! —regañó Sarah.

—¡No! —gritó Sabrina y un pequeño chispazo de poder salió de su cuerpo.

Sarah detuvo el auto a la orilla de una pendiente y se volteó hacia la parte trasera del vehículo para calmar la pequeña contienda que estaban llevando.

—¡Ya basta! ¡No discutan! Sabrina ya has aprendido a controlarte, ¿qué está pasándote?

—Su amigo la debilita —dijo Amy cruzándose de brazos.

—¡No es cierto! —reprochó Sabrina.

En ese instante algo cayó en el bonete del auto. Todas se sobresaltaron ante el estruendo. Sabrina asustada comenzó a señalar hacia el frente y cuando miraron al cristal, vieron las piernas de dos hombres con vestimentas de guerreros. Bajaron las cabezas y al asomarlas por el cristal mostraron unos rostros deformes.

—¡Sácala de aquí! —gritó Sarah a Amy.

Entre la torrencial lluvia y el comienzo de una batalla, la pequeña Sabrina fue alejada del lugar por Amy. "Si es necesario deja fluir todo tu poder" dijo colocándola en el tronco hueco de un árbol. Al voltearse sus ojos brillaron y de sus manos salió una espada de cristal. La pequeña Sabrina estaba petrificada observando con sus ojos cambiantes cómo su familia luchaba contra aquellos monstruos.

Un ser alado se acercó a la niña. Tenía unas alas enormes y sucias, un rostro maléfico con unos ojos completamente negros y rastro de venas negras que corrían por su cuerpo. Sabrina gritó tapando su carita con las manos y una onda de choque salió de su cuerpo justo en el momento que Sarah lanzaba una flecha atravesando al ser oscuro convirtiéndolo en cenizas. La onda de choque sincronizada a los rayos y truenos de la torrencial lluvia provocaron un derrumbe de rocas. Sarah y Amy luchaban con los orcos cuerpo a cuerpo cuando el alud de rocas se llevó el auto arrastrando a uno de los orcos junto a Sarah. Amy gritó a su compañera y se lanzó pendiente abajo a rescatarla.

Sabrina abrió los ojos buscando en todas direcciones, pero no veía a nadie, hasta que Amy llegó con Sarah a cuestas. Aquella adulta era muy pesada para la pequeña de diez años y casi sin fuerzas llegaron hasta el tronco hueco donde escondieron a Sabrina.

—Buscaré ayuda —dijo Amy, pero Sarah la detuvo por el brazo mostrando una herida grave en su costado.

Amy abrió los ojos sorprendida. Por la herida comenzaba a correr un veneno negro que se regaba a su cuerpo. Sarah negaba con la cabeza.

—Escucha Amy, cuida bien de Sabrina. Es tu hermana, ¿de acuerdo? Clara y Sam las cuidarán como si fueran sus padres. Lamento tener que hacer esto.

Sarah se acercó sin energías. Sus ojos comenzaron a brillar y colocó sus manos frente a Amy y Sabrina. Un campo de energía envolvió a las dos niñas.

La policía y ambulancias llegaron, luego las niñas fueron llevadas por una pareja afroamericana que las montó en un vehículo. El caballero llevaba a Sabrina dormida en sus brazos, y la mujer, visiblemente compungida llevaba a Amy de la mano. A los lejos, el cuerpo de Sarah era cubierto con unas mantas blancas por la policía.

Amy despertó de los recuerdos de su niñez en la Tierra. Frente a ella se encontraba el mortal que ella pretendía alejar en aquella ocasión. Por alguna razón siempre estaba al lado de Sabrina. El la controlaba, por eso cuando recuperó sus recuerdos le permitió estar a su lado, pero esto, esto no lo esperaba. Mathew estaba frente a ella con una semblante serio y maduro, un semblante decidido. Amy sabía que tendría que recibir la ayuda necesaria para proteger a Sabrina pues el enemigo los había encontrado. Ya habían comenzado a seguirla y necesitaría ayuda.

—De acuerdo, te entrenaré —dijo mirando seriamente a Mathew.

La famosa tarta de moras de la cafetería Stevenson ya era migajas en la mesa que ocupaba Sabrina y Body.

—Esto va a hacer que engorde —dijo Body tocando su barriga.

—Si no tienes autocontrol entonces pasará —dijo Sabrina.

Body volvió y se acercó a Sabrina para mirar a sus ojos. «De alguna manera tengo que hacer que mire mis ojos para poder encantarla» pensó.

—¿Qué sucede?

—¿En serio nada pasó entre tú y mi primo?

—No es de tu...

—¡Hola Sabrina! —interrumpió una chica con apariencia de modelo, gafas y cartera de última moda.

—Hola Malery —saludó Sabrina notablemente desganada.

—No sabía que eras amiga del estudiante de intercambio, el chico de Alemania ¿cierto? No seas egoísta y preséntanoslo. La mayoría de las chicas de la fraternidad hablan de él y tenía que verlo con mis propios ojos.

—Ya me extrañaba que vinieras a una simple cafetería cuando frecuentas los cafés exclusivos de la gran ciudad —señaló Sabrina.

—¿Cómo dices eso Tanner?, de todos modos me presentaré. Soy Malery Reynolds presidenta de la fraternidad Delta Ru.

La chica le extendió la mano a Body quien se encontraba cruzado de brazos. Extrañado, le extendió la mano y Malery se sentó a su lado estrechándola. La chica tomaba confianza con notable rapidez. Body miró a Sabrina con un gesto que hablaba más que las palabras «Y esta otra loca ¿de dónde salió?» Sabrina le sonrió con aire de complicidad.

—Body no conoce mucho de la ciudad. Eres bienvenida a llevártelo y darle un recorrido. De todos modos ya se iba —dijo Sabrina sonriendo. Body se tensó fulminándola con la mirada y enderezándose en la silla mirándola directo le dijo.

—No cariño, prefiero quedarme y hacerte compañía.

La chica comenzó a mirarlos asombrada. Sabrina y Body seguían intercambiando sarcasmos y miradas fulminantes.

—No es necesario. Eres el invitado de la chica más popular, no debes negarte —insistía Sabrina para alejarlo.

—Paso —dijo acomodándose en el espaldar del asiento de una manera desinteresada.

Malery recuperó la postura para intentar pasar el pequeño mal rato por el rechazo de Body y le entregó una invitación, la cual miró mientras Malery le explicaba.

—El viernes de la semana que viene tendremos nuestra fiesta de fin de curso en la fraternidad y nos gustaría que fueras. Podremos tener un interesante intercambio cultural.

—Ok, si puedo llevar a Sabrina, voy —sonrió Body mirando de reojo a Sabrina quien le dio una patada por debajo de la mesa.

—Como desees —se volteó tornando los ojos en desagrado—. Entonces nos seguiremos viendo.

Malery se retiró y Body la siguió con la vista diciendo adiós con su mano y sonriendo hasta que la chica salió por la puerta alejándose. Sabrina en ese instante le lanzó una libreta y Body la atrapó sonriendo con la comisura de sus labios poniendo la libreta en la mesa.

—¿Cómo que si yo voy tú vas? —reprochó Sabrina.

—Tú comenzaste. Me ofreciste como si estuviera en venta.

—¡Ahora pensarán que estamos saliendo!

—Créeme, mis gustos están fuera de este mundo.

—Detesto las fiestas de fraternidad.

—¿Por? ¿Te emborrachaste en una y causaste un caos?

—¡No puedo creer que Mathew te contara… —reaccionó indignada en voz baja.

Body se ahogó con el sorbo de refresco y comenzó a reír.

—¡¿En serio pasó eso?! Mathew no me dijo nada, solo lo deduje por como vi el lenguaje corporal de ustedes dos. Tendré que preguntarle a Mat, no lo dejaré dormir…

Sabrina volvió a tirarle con otra libreta pero esta vez Body la cachó en el aire y le guiñó un ojo.

—Te devolveré tu libreta mañana, cuando te comportes más civilizada, cariño —dijo levantándose de la silla para retirarse. Sabrina se levantó agarrando sus gafas y el collar de labradorita que le dio Mathew. «Contrólate, contrólate» pensó. Ese chico la sacaba de sus casillas. Si pudiera dejar salir su poder lo enviaría directo hacia Alemania. Era apuesto, pero abusaba de serlo. Se creía la última Coca-Cola del desierto y eso la enfurecía aún más.

—¿Tu amigo ya se fue? —preguntó su tío cuando Sabrina pasó por su lado.

—¡Él no es mi amigo, es el primo de Mathew y un unverschäm...como sea! Voy a ducharme.

Sabrina cruzó una puerta que ocultaba una escalera al segundo piso donde era la residencia de los Stevenson. El tío de Sabrina se acercó a su esposa sonriendo de medio lado al ver la reacción de Sabrina.

—A mí me cae bien el chico alemán.

Body llegó a la casa y entró a su habitación. Se lanzó en la cama comenzando a hojear la libreta de Sabrina. Vio sus notas y los pequeños dibujos graciosos que hacía en las esquinas. Sonrió para sí recordando lo sucedido en la cafetería.

—Es divertido verla molesta —dijo sentándose en la cama—. Si no fuera por la misión, no me molestaría quedarme un poco más en la Tierra.

Body escuchó cuando Mathew llegó y se encerró en la habitación contigua. Preocupado por su "primo" salió de su habitación y tocó la puerta de su vecino. Mathew le contestó con la puerta cerrada.

—¿Qué?

—¿Todo anda bien? —preguntó Body.

—Sí, solo que estoy muy cansado, la clase de investigación es agotadora.

—Descansa, nos veremos mañana entonces.

Mathew estaba sentado en su cama visiblemente agotado y se quitó la camisa. Miró al espejo su costado lleno de moretones recordando las primeras lecciones de lucha con Amy.

—Si eres un niño llorón o debilucho no podrás protegerla. Ahora que sabes cuál es tu destino, tienes que ser fuerte —dijo Amy a un Mathew jadeante en el suelo luego de haberlo derribado.

Mathew se levantó y sacudió el sudor de su cara y luego sonrió a Amy.

—Al menos debiste darme un capítulo de introducción.

—Ya Ellos saben dónde nos encontramos. Es cuestión de

tiempo para que aparezcan y tiempo, es lo menos que tenemos. ¡Preparado!

—Lo sé. Pero al menos un descanso entre maniooooobraaa... — gritó sin remedio al ser atacado por Amy quien lo haló del brazo lanzándolo nuevamente al suelo.

Mathew despertó de su recuerdo, bajó su camisa y casi sin poder caminar llegó hasta el armario de Aoshi. Sacó la caja de los escritos de su abuelo y tomó en sus manos una de las libretas. Las páginas estaban amarillentas por los años.

"Desde el principio de los tiempos, antes del caos, existía la materia. Materia clara, materia oscura, la misma existencia en desorden. El Gran Arquitecto, El Alquimista Mayor. Depende el universo y el mundo donde te encuentres, toma forma, significado, existencia. Para nuestro mundo, El Creador, esa fuerza de la misma existencia que hizo todo perfecto, en orden. Pero así como existe un Creador también existe el opuesto, El Caos, El destructor. Esto lo aprendí del Fénix. Un ser magnífico que visita nuestro mundo cada quinientos años. Habrás oído las leyendas que rodean a tan magnífica criatura. Nuestros ancestros fueron elegidos para velar por la entrada del Fénix a nuestro mundo, pues todos estamos conectados. Égoreo y la Tierra tienen un vínculo especial, por eso su mundo a veces se mezcla con el nuestro. No es de errar decir que muchas leyendas de la historia humana tienen parecido a la vida de éste distante lugar..."

Mathew devoraba las palabras de su abuelo, bisabuelo y así cada padre ancestro. Algunos de los escritos no estaban en inglés, suerte que había aprendido el japonés de su madre. Su abuelo había visto al último Fénix cuando era un niño pequeño, pero a diferencia de los escritos antiguos, éste Fénix no llegó cuando ya estaba por morir. Vino a conocer, a enseñar y a reafirmar la misión de la familia de Mathew en la Tierra. Como guardianes tenían que defender el secreto de Égoreo, los humanos no estaban listos aún para compartir la vida y sabiduría de su mundo, que aunque era más avanzado, no estaban libres de ser atacados por el Caos, el destructor. El Creador había permitido la entrada ocasional de

Égoreo a la Tierra, pero el Fénix había encomendado una misión a los guardianes. Habría una gran batalla, el último Fénix tendría que ser protegido, hasta volver a su lugar destinado y así restablecer el equilibrio, o el futuro de ambos mundos estaría comprometido.

Mathew estuvo largas horas leyendo. Cuando el sueño casi lo vencía, cerró el libro y se recostó en la cama. Sus ojos aún abiertos parecía que estaban en trance.

—Ahora entiendo todo. Por eso no podía corresponderte. Aunque te amé de una forma singular, no es nuestro destino terminar de esa manera —cerró sus ojos y se quedó dormido.

Al día siguiente en la universidad, Mathew y Body se encontraron con Sabrina en los pasillos. Mathew tenía un semblante cansado y Sabrina se acercó con preocupación.

—¿Te sientes bien Mathew? No tienes buen semblante.

—Estudié hasta tarde —dijo tras un bostezo.

—Eso lo podemos ver en tus ojeras —contestó Body.

—Sí, la clase de investigación demanda mucho de eso, investigación —dijo acomodándose el bulto a su espalda.

—¿Qué harás el próximo viernes en la noche primo? —le preguntó Body.

—Estudiar. ¿Por qué? —preguntó Mathew tras otro bostezo pronunciado.

Sabrina le propinó un codazo a Body haciéndole una señal para que se callara.

—Por…por nada. Ve a tu clase —dijo Body.

—¿En serio te encuentras bien? —preguntó preocupada deteniéndolo por el brazo—. Si esa clase es muy fuerte…

—Es algo que tengo que hacer Sabrina, si no, no podré graduarme —alejó la mano de Sabrina con delicadeza y luego le puso la mano en la cabeza.

—Como sea, tienes que dormir y alimentarte.

—No te preocupes estaré bien. ¿Estás tomando las clases de

Yoga como te aconsejé? —sacudió ligeramente su mano sobre la cabeza de Sabrina como si fuera una niña pequeña.

—Sí, ayudan a concentrarme y a controlar... mi carácter. También estoy haciendo plegarias en las noches.

—Bien. Necesitamos toda la ayuda posible. Nos vemos luego. Adiós.

—¿Y quién de los dos es el hermano mayor? —Body se acercó a Sabrina sonriendo con sus manos cruzadas en el pecho tan pronto Mathew se marchó por el pasillo.

—¿De qué rayos hablas?... Sabes olvídalo, tengo mi clase de yoga. Y más vale que no me andes siguiendo.

—¿Por qué lo haría? —sonrió de medio lado. Se veía graciosa torciendo la boca cuando se molestaba.

Body se acercó nuevamente al rostro de Sabrina para intentar ver sus ojos y entrar en su consciencia pero ella se colocó sus gafas y lo empujó levemente.

—No sé si en verdad seas alemán, pero tengo mi espacio personal delineado, ¿Sabes? No lo traspases —Sabrina alzó una ceja y luego cruzando los brazos lo miró sorprendida—. ¡No!, no puede ser...

—¿Qué? —preguntó Body mirando en todas direcciones.

—¿Te estás interesando por mí?... O sea que yo te gus...

—¿Y qué si me estás interesando? —interrumpió sonriendo con picardía. La chica de mechones rosas abrió la boca en asombro, no podía creer lo que estaba escuchando. Lo más seguro era uno de sus sarcasmos.

—Primero Samantha, te he visto merodear a otras chicas y ¿Ahora yo?

—Eres divertida cuando te enojas, ya te lo había dicho. Contigo no me aburriré —no pudo contener la risa por mucho tiempo ante el gesto de Sabrina y luego se le escapó unas carcajada—. ¿Te lo creíste? ¡Estás loca! Ya te dije que mis gustos son fuera de este mundo.

—Pues entonces deja de seguirme. No le hagas favores a Mathew. No hace falta.

Sabrina se alejó y cuando iba saliendo de los pasillos un

muchacho en patineta casi la golpea. Jiroshi, el chico del club de parapsicología, agarró a Sabrina a tiempo y la sacó del medio antes de que el chico de la patineta perdiera el control y cayera al suelo. La patineta salió disparada al aire en dirección a Sabrina y una leve honda de su cuerpo desvió la patineta terminando en la pared. Sabrina se asustó y agarró sus gafas fuertemente. En ese instante el ópalo de Body dio dos pulsaciones. No podía creer lo que estaba pasando. Su ópalo pulsaba pero ahora era con la presencia de ese extraño chico. ¿Quizá era un shützend? Miró a los alrededores de lo que había pasado. Entre los que acompañaban al chico que salvó a Sabrina había una chica de cabello negro, pero no se parecía mucho a la que él seguía. «El Fénix, ¿Sabrá controlar su poder y me estará engañando con alucinaciones?, presiento que no quiere ser encontrado» pensó.

—¿Estás bien? —preguntó Jiroshi a Sabrina que aún se encontraba en sus brazos.

—Sí gracias, voy tarde a una clase, adiós –se despidió retirándose. Se sentía con el pulso acelerado por el susto que había pasado.

Jiroshi siguió su camino con su club mientras se despedía de Sabrina con la mano para luego hacerle una señal, un candado en su boca y tirando una llave. Body observó todo. «Algo raro hay aquí. ¿Qué tienen que ver estos chicos con el Fénix?, ¿Sabrina sabrá algo?». Body decidió seguir esa mañana a los chicos del club. Sigilosamente siguió a Jiroshi y su club de parapsicología hasta que entraron a su salón casa club. Se acercó a la puerta y puso la oreja para ver si escuchaba algo, pero un chico de cabello castaño le tocó el hombro.

—¿Quieres entrar?, siempre son bienvenidos los interesados en saber del otro mundo.

«¿Otro mundo?, ¿Égoreo?», pensó Body. Aceptó la invitación de aquel estudiante y entró al salón del club. Cuando entró, escaneo con su vista todo el lugar. Se veían monitores, cámaras de todos los tamaños, instrumentos extraños que parecían grabadoras y lo más llamativo de todo era una pared llena de fotos y destinos marcados en un mapa.

—¡Oye! Jiro…tenemos invitado —Sam abrió la puerta e invitó a Body a entrar.

—Bienvenido al club de parapsicología —dijo Jiroshi con los brazos abiertos—. Aquí nos enfocamos en el estudio y la investigación de la vida paranormal en la Tierra.

Body lo miró con cara de asombro. «¿En dónde me he metido?» y sonriéndole a Jiroshi le explicó.

—Creo que me equivoqué de salón. Busco el de Biología.

—¡Ah! esa está al final del pasillo —señaló Sam en dirección al otro salón—, pero igual eres bienvenido cuando quieras.

—Gracias, lo pensaré —Body se despidió mirando su reloj y se dio cuenta que la clase de Sabrina estaba por terminar—. Sabrina está por terminar su clase… ¿Qué estoy haciendo? Debo enfocarme. Seguir buscando pistas.

Body continuó recorriendo los pasillos. «Estoy seguro que el Fénix estuvo aquí. ¿Pero dónde?» pensaba mientras salía de los pasillos. Su mente estaba absorta en los hechos de esa mañana. Recordaba la pulsación del ópalo, la escena que sucedió justo antes de sentirlo. Luego, recordó el gesto de complicidad que Jiroshi le había hecho a Sabrina. Era como de guardar un secreto. Un presentimiento rozó su cabeza. Sabrina quizá sabría algo. No, esa chica no parecía ser la elegida. Recordó a la chica de cabellos negros. «Hay algo que me intriga. ¿El año terrestre que he experimentado está afectando mis habilidades?» Pensaba. Cuando despertó de sus pensamientos se encontró frente al establecimiento donde Sabrina tomaba las clases de yoga. Estaba sorprendido consigo mismo. Hacía un momento estaba determinado a buscar al Fénix, pero por alguna razón la petición de Mathew la sentía como una obligación. Vio que Sabrina estaba por salir y recordó su queja de esa mañana. "Entonces deja de seguirme. No le hagas favores a Mathew. No hace falta" y se escondió para no ser visto.

Sabrina salió de su clase de yoga y miró hacia todos lados «Como me esté siguiendo nuevamente se va arrepentir» pensó mientras caminaba. Llegó hasta un parque de comunidad donde habían aparatos para hacer ejercicios. En un pequeño gazebo había un saco de entrenamiento. A esa hora de la mañana el parque estaba vacío, así que se acercó al saco y comenzó a pegarle. Primero suavemente liberando un poco la tensión que tenía por haberse declarado a Mathew "Tonta. Él no siente lo mismo, solo tiene ojos para Amy. Pero tú lo sabías y como quiera te hiciste la tonta." se reprochó en cada golpe. Luego terminó dándole patadas al saco hasta sacarlo de su sitio. Sabrina miró hacia todos lados avergonzada y trató de acomodar el saco como estaba. Pasó sus manos por su rostro, estaba enjugando sus lágrimas. Body la miraba de lejos. Al principio estuvo riéndose, pero para cuando Sabrina terminó de golpear el saco solo sintió preocupación y lástima por ella. Veía que estaba sufriendo por algo, pero ¿cuál sería la razón? se preguntaba. Sabrina salió del parque y llegó hasta el cine del poblado. Definitivamente algo le pasaba, pues estaba perdiendo el tiempo dando vueltas ese día sin asistir a sus clases. Sabrina entró y compró una taquilla. La siguió y cuando se acercó a la ventanilla le dijo a la empleada.

—Quiero la misma película que la chica rubia de mechones rosa.

La empleada con una visible cara de aburrimiento señaló un cartel de "La liga de la justicia". "Al menos es una de acción", dijo para sí mismo. Sabrina estaba en la sala de la película con una caja de palomitas de maíz y buscó un asiento en la parte trasera.

—Vamos a ver si una película me calma –se decía a sí misma.

Se acomodó en el asiento y a pocos minutos de comenzar la película se estaba quedando dormida. Su mente había estado cansada en estos días y entre la oscuridad del lugar y el aire acondicionado, fueron los ingredientes perfectos para buscar a Morfeo. Body, que estaba en otro asiento observándola, la vio que cabeceaba hasta quedar dormida. Decidió moverse de asiento hasta llegar al lado de ella «¿Qué te estará consumiendo por dentro?». La observaba con intriga moviendo un mechón rosa que se encontraba sobre sus ojos y entonces observó escaparse una lágrima por su mejilla. Comenzó a mover la cabeza aún dormida y Body se le acercó para que pudiera recostarla de su hombro. La película terminó y Sabrina despertó sola en su asiento con todas las palomitas de maíz encima.

—¡Ah me quede dormida!, pero al menos me siento mejor —dijo estirándose y mirando hacia la puerta. Vio a un chico de cabello rubio muy parecido a alguien que ella conocía. "Ya sabía que había tardado mucho en aparecer"—. Body aguarda, sé que eres tú —gritó al muchacho que estaba por cruzar la puerta de salida.

Body se volteó al escuchar el llamado de Sabrina.

—¡Sabrina, Hola!...no sabía que estabas aquí. ¿No se supone que estés en clases?... o en la cafetería.

—Vas a negarme que estabas siguiéndome, otra vez. O... es pura coincidencia que estemos en el mismo cine, viendo la misma película y a la misma hora.

—Bueno es un pueblito muy pequeño, es el único teatro del poblado. A demás no hay mucho que hacer por aquí.

—¿O sea que aceptas que me estabas siguiendo? —preguntó Sabrina enarcando una ceja.

—Piensa como quieras. Solo decidí ir al cine ya que no hay mucho que hacer. Hablando de cosas para hacer, ¿Vas a ir el viernes a la fiesta conmigo? Como amigos, no te hagas ilusiones —dijo poniendo sus manos en sus bolsillos.

—¿Quién yo? Ilusionarme. ¡Ja! Estás delirando por atención. Puedes ir solo, te aseguro que Malery te dará la atención que buscas.

—Solo lo decía para ayudarte —ahora hablaba en un tono más serio— Te ves tensa y parece que algo te preocupa, como si te estuviera consumiendo por dentro.

Nuevamente intentaba ver en los ojos de Sabrina. Ambos se quedaron en silencio. Por una fracción de segundo Body quedó perdido en los ojos de ella y un matiz de color púrpura comenzó a hacerse presente en sus ojos. Sabrina reaccionó colocándose las gafas y alejándose de la cercanía de su cuerpo.

—De acuerdo, iré contigo —se había rendido ante su insistencia.

Body seguía en silencio. A su mente volvió el recuerdo de los hechos de la mañana. Habría jurado que sintió pulsar su collar nuevamente pero estaba confundido si había sido real o solo un recuerdo de lo ocurrido en la mañana. Sacó su collar de ópalo y lo mostró a Sabrina mientras decía: "Es ist zeit für dein ziel"(12). Sabrina se quedó mirándolo anonadada. Body estaba a la expectativa de una reacción que lo acercara al paradero del Fénix, entonces ella habló.

—No tomé clases de alemán en la escuela. ¿Es el nombre de tu piedra?, yo tengo una labradorita —mostró su collar.

La reacción no había sido la esperada. Lo que significaba que ella no tenía idea del Fénix ni de Égoreo. Había sospechado que estaba relacionada a las shützend, pero había errado. Entonces, ¿qué fue lo que vio en sus ojos? ¿Por qué se quedó perdido en su mirada y no pudo hechizarla? Sabrina siguió su camino y se detuvo frente a una pancarta de otra película, un refrito de "Encuentro cercano del tercer tipo". La misma presentaba una nave espacial y unas criaturas acercándose en primer plano, extraterrestres de color gris y ojos enormes. Sabrina señaló el cartel.

—Podrías llevar a tu novia a la fiesta también.

—¿Qué? ¿Quién? —preguntó Body mirando el cartel y enarcando una ceja.

—¿Que no la ves? Dijiste que tus gustos están fuera de este mundo —rio continuando su camino.

—Muy graciosa. Te acompaño a tu casa.

—No gracias. Voy a la heladería. Además no necesito un guardián, ya estoy lo bastante grandecita para defenderme sola —dijo sacando un taser y encendiéndolo frente a Body quien dio un paso atrás—. ¿Le tienes miedo a esto? Solo descarga 7,200 voltios.

—Guárdalo, conociéndote, terminarás haciéndote daño con eso.

—Perdona pero tú no me conoces —aseguró encendiendo el taser en la dirección de Body y se le cayó al suelo.

Body sonrió tomando el taser del suelo y se lo entregó con una media sonrisa de casanova.

—¿Decías?... Quiero un helado también. Te acompaño...como amigo —se acercó tratando de ver a sus ojos.

Sabrina tomó el taser de mala gana y lo guardó en su mochila.

—Haz lo que quieras, este es un mundo libre.

Amy salía de la biblioteca cuando vio a Mathew afuera esperándola. Ese chico que siempre era insistente con ella, pero que había podido manejar, ahora formaba parte de su mundo, de su secreto. Ahora era más difícil ignorarlo.

—¿Qué haces aquí Mathew?

—Esperando por ti.

—Pudiste esperarme en la escuela de jiu jitsu.

—Pero allí no consigo hamburguesas. Vamos a comer antes de entrenar, yo invito.

—No es necesario, podremos pedir delivery a la escuela.

—Amy, tienes que soltarte de vez en cuando. Aunque hayamos despertado, no significa que...

—Soy una shützend Mat, soy un guardián.

—Y yo también, pero no significa que tengamos que morir de hambre y de estrés por la misión —la tomó de la mano y se dirigió hacia el centro comercial.

Amy intentó zafarse de la mano de Mathew pero este la sujetó con más fuerza.

—No seas gruñona Amy que yo no muerdo...solo a las hamburguesas y mira que muero por una —sonrió comenzando a correr mientras Amy no pudo evitar sonreír ante el comentario jocoso de Mathew.

Al otro lado de la ciudad Body y Sabrina estaban en la heladería ya sentados a la mesa. Ella disfrutaba de una barquilla de cookies and cream y él de un banana split. Sabrina trataba de ignorar la mirada insistente de Body.

—¿Podrías concentrarte en comer tu helado y dejar de mirarme?

—No te hagas la importante solo estoy observando el letrero que está detrás de ti.

Sabrina volteó la mirada y vio un cartel anunciando la gran apertura de un parque de diversiones a las afueras de la ciudad.

—Mathew y yo estábamos pensando en ir, pero con su trabajo de investigación no creo que tenga el tiempo.

—Yo nunca he ido a uno.

—¡Bromeas! ¿Cierto? —reaccionó Sabrina de una manera incrédula, pero la cara de Body se mantuvo serena y seria—. ¿¡No has ido en tu vida a un parque de diversiones!?

—No.

—Haré mi obra de caridad de la semana y te llevaré. Luego le reclamaré a Mathew por qué no te ha llevado a uno en las veces que lo has visitado.

Esa noche Sabrina y Body llegaron hasta la feria en las afueras del poblado.

—¿Por qué no condujiste, si el auto de Mat estaba en la casa?

—...no tengo permiso de conducir en los Estados Unidos.

—Pues yo hubiera conducido ya tengo mi licencia.

—Según tengo entendido es de aprendizaje y valoro mucho mi vida.

—Estas a punto de quedarte solito en la feria.

—¿Y ahora qué? —preguntó Body al estar frente a la boletería.

—Paga las entradas.

Él puso los ojos en blanco y sacó su billetera pensando para así «Mathew Summers más vale que estés dispuesto a pagar el gran favor que te estoy haciendo».

Luego de haber recorrido las atracciones de la feria Body escoltó a Sabrina hasta la cafetería de sus tíos.

—Gracias por mostrarme lo que es un parque de atracciones.

—Resististe mejor de lo que pensaba —dijo Sabrina con la mirada perdida.

—¿Te encuentras bien?

—Sí, ¿por qué? —preguntó cambiando la mirada hacia él.

—Hubieras preferido ir con Mathew como habían quedado ¿verdad? ¿En serio que nada paso entre ustedes?

—Que manía de preguntar lo mismo. Dije que nada pasó —Sabrina levantó la voz y entró a la cafetería—. Buenas noches te veo mañana.

Body quedó sin entender el cambio de actitud de ella lo que le hacía sospechar que algo sí había pasado entre su primo y esa chica. El no haber tenido acceso a sus ojos le había intrigado más y ahora esto lo había convertido en un nuevo reto. Sabrina llegó a su cuarto y se tiró a la cama. Sus ojos comenzaron a humedecerse y derramar lágrimas. Se levantó y se vio al espejo observando sus ojos que estaban irritados por tanto llorar y se dijo al espejo.

—Qué vergüenza Sabrina, a lo que has llegado, mírate. Llorando por un amor no correspondido.

Enjugó las lágrimas con sus manos y dando un respiro hondo abrió la gaveta de su mesita de noche. Sacó una caja donde tenía dos relojes. Un reloj llevaba el diseño de Batman y el otro llevaba el diseño de Robin.

—¿Se lo daré?, Si se lo entrego demostraré que soy fuerte y dejé en el pasado lo que siento por él ¿verdad?

Se colocó el reloj de Batman en su muñeca y colocó el otro en la caja. Observaba con nostalgia el reloj que tenía puesto recordando las palabras de su mejor amigo aquella noche. "El dúo dinámico siempre estará junto. Somos Batman y Robin, hermanos de armas hasta el fin. Así que no tienes por qué temer. Este par de hermanos unidos es invencible...y aunque en un futuro tengas novio, soy tu hermano mayor, no lo olvides, tienen que pasar mi aprobación". Se quitó el reloj y lo lanzó con fuerza al zafacón. Tomó la caja con el otro reloj y la lanzó al zafacón también. Secó sus lágrimas y dejó salir un respiro de golpe.

—Voy a demostrarle lo fuerte que soy. No necesito de un guardián.

SENTIMIENTOS

*L*a alarma del despertador comenzó a sonar y Sabrina cayó de la cama con una mascarilla en su rostro. Tanteó con su mano hasta hallar el despertador apagando la alarma y quitándose la mascarilla.

—¡Ah! que noche —se quejó observándose en el espejo tocando las ojeras que le había provocado el llanto de la noche anterior.

Recordó nuevamente la pesadilla que se repetía casi todas las noches. Sacudió su cabeza ante el recuerdo y volvió a echarse agua fría en la cara. Cuando llegó a su cuarto abrió la gaveta de su tocador y sacó una cartera llena de maquillaje.

—Bueno, manos a la obra —murmuró comenzando a maquillarse.

Ya en la universidad Body divisó a Sabrina de espalda.

—Buenos días.

—Buenos días —dijo Sabrina volteándose.

—¿Vas a alguna fiesta? —preguntó sorprendido al verla tan maquillada.

A lo que Sabrina no respondió y colocándose las gafas dio la espalda dirigiéndose a su salón.

—¡Vaya tan temprano y mal humorada!

En la tarde Sabrina se dirigía a sus clases de yoga y como de costumbre en esos días Body la seguía. La notaba distraída. Ya no tenía el maquillaje en su rostro sin embargo observó en ella una mirada perdida. Cuando comenzó a cruzar la intersección no se percató de la cercanía de un auto. Body le iba a gritar, pero el auto se detuvo de golpe tocando la bocina. Ella se asustó y acomodó sus gafas siguiendo su camino. En ese preciso instante Body sintió el ópalo en su pecho pulsar y al mirar hacia todos lados divisó a una chica de cabello negro. Vio que Sabrina había cruzado la calle y decidió seguir tras la chica misteriosa.

La chica de cabello negro llegó hasta un establecimiento de comida rápida. Cuando ella comenzó a ordenar, Body se colocó cerca y se dio cuenta que no era quien esperaba. «Rayos no es la misma chica». La joven vio la expresión en él quien estaba a su par, cuando dio con fuerza una pisada de frustración en el piso. Salió del establecimiento camino a las clases de yoga.

—No estoy logrando nada, me siento estancado. Tengo que buscar la forma de adentrarme en su mente. Sabrina debe saber algo. Aunque no reaccionó al llamado que le hice, siento que de alguna manera ella está conectada.

Body se rascaba la cabeza despeinándose desesperado al estar tan cerca y tan lejos del Fénix. Era la primera vez que su ópalo pulsaba tan frecuentemente. Sabía que el Fénix estaba cerca pero no daba con ella. Sentía una frustración y una impotencia. Es un soldado, fue entrenado para mantener la calma, pero nunca se había topado con personas como Sabrina quien le hacía perder su compostura.

Ya habían pasado varios días y su ópalo no pulsaba. ¿Habría perdido el rastro nuevamente del Fénix? Recordó el gesto que le había hecho el chico del club paranormal a Sabrina sobre guardar un secreto. El no haber podido entrar en los ojos de ella lo tenía desconcertado.

—Si no encuentro al Fénix primero, los demás lo harán. No puedo permitirlo. Tengo que lograr leer su mente. Voy a hacerlo de una manera u otra. Tengo que hacerlo. Una niña no va a dominarme, soy un soldado, un sieger[8].

Body se encontró a Sabrina en el parque donde estaba haciendo ejercicio hacía unos días atrás. Le extrañaba que hubiese saltado sus clases de yoga. Estaba dispuesto a ver en su mente de una vez y por todas si en efecto esa muchachita sabría algo del Fénix. Se acercó dónde estaba Sabrina en las barras donde se ejercitaba haciendo dominadas. Sabrina estaba concentrada en su ejercicio y Body dio un salto para agarrar la misma barra y quedó frente a ella.

—Se nos hará tarde para la fiesta si seguimos perdiendo el tiempo.

Sabrina cayó sentada en el suelo sorprendida con la acción de él. Sus gafas salieron de su rostro terminando en el suelo y Body se lanzó de las barras tomando las gafas antes que ella. Esta es la oportunidad que esperaba.

—Dámelas por favor.

—¿Por qué tienes que ocultar tus hermosos ojos tras ellas? —dijo acercándose a su rostro.

Por primera vez Sabrina se había quedado inmóvil ante las acciones de este chico entrometido. ¿Qué le estaba pasando que no podía articular palabra alguna? ¿Por qué él intentaba acercarse a ella tan seguido? Siempre se olvidaba del espacio personal con ella. Sabrina bajó la mirada y cerrando los ojos lo empujó suavemente.

—Necesito mis gafas.

—Contesta mi pregunta.

—Tengo sensibilidad a la luz, mis ojos duelen porque sufro de hemeralopía. ¿Contento?

—No, sigo pensando que tus ojos son muy hermosos para ocultarlos tras unas gafas de sol.

—Pues no estaré con una sombrilla todo el tiempo, prefiero mis gafas.

—Recuerda que iremos a la fiesta esta noche.

—Recuérdame nuevamente ¿por qué tengo que acompañarte?

—Porque ya dijiste que sí, así que vámonos.

—¡Dame mis gafas! Esta es la última advertencia.

—¿Estas amenazándome?

—Si en verdad quieres que vaya contigo a esa fiesta, devuélveme las gafas y no me hagas enojar.

Body notó el cambio en la voz de Sabrina. Estaba comenzando a enojarse y en su interior tenía curiosidad por llevarla a la fiesta. No era conveniente que ella se enojara con él. Sabrina extendió su mano aún mirando al suelo y Body se las entregó. Ella se colocó las gafas y levantó la vista hacia él respirando hondo.

—Primero pensaba que eras un odioso, ahora sé que lo eres.

—Vendré por ti a las ocho y treinta, no me hagas esperar.

—Sí, sí te veo luego —contestó Sabrina caminando hacia la cafetería.

Cerca de las ocho de la noche, Sabrina se encontraba probándose varios vestidos. Se miraba al espejo pensando: «¿Por qué debe importarme lo que él piense de mí?, no es como si fuera una cita ¿o sí?» Sabrina recordó los segundos que se quedaron intercambiando miradas esa tarde. Había sentido en su corazón algo extraño. Se había sentido intimidada por la mirada de aquel muchacho que de alguna manera estaba siendo su compañía ahora. Tuvo que bajar la vista en ese momento pues no soportó su mirada insistente y profunda, como si quisiera escudriñarla.

—¡Noooo vayas por ese camino Sabrina! Solo sería un problema —dijo sacudiendo la cabeza.

Body se encontraba a punto de salir de la casa cuando el padre de Mathew lo detuvo.

—Body necesito hablarte. ¿Tienes un segundo?

—Sí, claro tío.

Se sentaron en el sofá de la sala y comenzaron a hablar.

—¿Has visto a Mathew hoy?

—Sí, lo vi en la mañana en la universidad. ¿Sucede algo?

—Estoy preocupado, lo veo muy cansado y agotado. ¿Sabes si le pasa algo?

—Comenzó a tomar un curso de investigación y se ha estado acostando tarde. Dice que la clase es muy fuerte.

—Eso explica todo. Mathew es muy maduro aunque se

comporte de manera contraria a veces. Gracias Body. Disculpa que te haya detenido veo que estás listo para una salida.

—Sí, me invitaron a una fiesta.

—¿Vas acompañado?

—Sí, iré con...una amiga.

—Bueno diviértete en tu cita —dijo el padre de Mathew retirándose.

—No es...una... Gracias tío, lo haré.

Mathew se encontraba en la escuela de jiu jitsu practicando. El profesor de Amy se acercó y le dijo.

—Para ser aprendiz, has avanzado mucho.

—Gracias señor —contestó Mathew sonriendo y poniendo su mano en su cabeza.

—Mathew se ha quedado luego de clases practicando maestro —mencionó Amy.

—Y tú has sido una buena maestra. Luego de la clase asegúrense de cerrar, te dejo las llaves Amy.

—Sí sensei —Amy hizo la reverencia típica de Japón—. ¿Listo para otra ronda de entrenamiento? —se dirigió a Mathew tan pronto el maestro salió del lugar.

—Contigo estaré listo en cualquier momento —dijo sonriendo con picardía.

—Veremos si sigues sonriendo cuando terminemos.

Ya eran las ocho y cuarenta. Body se encontraba esperando por Sabrina fuera de la cafetería mirando su reloj.

—Es normal de las mujeres hacer esperar en cualquier mundo.

En ese momento Sabrina salió por la puerta vestida semiformal. Body la observó de arriba abajo y al leer la camisa sonrió de medio lado. Esa chica era única, y tenía su encanto. Vestía una falda corta color negro con una camiseta gris suelta hasta la cintura y con letras en brillo color rosa perlado que decía, "Short but spicy." Llevaba también unas botas grises combinando con su camiseta. Tenía el cabello suelto y sus eternas gafas oscuras a modo de diadema. Sentía un tambor en su pecho que marcaba cada paso que ella daba cuando se acercaba a él. ¡No! definitivamente no era su collar el que estaba pulsando. Estaba sorprendido consigo mismo que ese tambor proviniera de su corazón. ¿Qué rayos le había hecho esa muchacha? Este favor a Mathew le estaba costando muy caro. Salió de su trance cuando ella se detuvo frente a él.

—Vámonos —dijo Sabrina y acto seguido Body aclaró su garganta.

—Nos iremos en el bus.

Sabrina torció los labios provocando en él una sonrisa espontánea. Ambos caminaban hasta la parada y se sentaron a esperar su transporte. Llevaban un silencio incómodo entre ambos. Generalmente cuando hablaban era para discutir. Sabrina comenzó a chocar los talones de sus botas.

—No son de rubí, no funcionará.

—¿El qué? –pregunto Sabrina

—Hacer como Dorothy en el Mago de Oz. Como sea irás a la fiesta.

—Aunque no quiera aceptarlo… gracias por preocuparte y hacer que me distraiga.

La observó algo asombrado, ella se comportaba con cierta tranquilidad.

—Por nada. A demás, no quiero estar solo con esa Malery acechando. No sé si estoy en lo correcto pero me pareció otra Samantha pero en sentido opuesto. Todo unicornio y arcoíris.

Body hizo una cara de desagrado estremeciendo su cuerpo al imaginarlo provocando la risa en su acompañante.

—No solo unicornios y arcoíris, tiendas de marca, joyería de alta moda y atuendos de pareja.

—¿En serio?

—Su último novio terminó tomando un préstamo al banco para comprarle un vestido y zapatos de tres mil dólares.

—No te alejes de mi lado entonces.

Ambos comenzaron a reír y a platicar de la vida cotidiana de Tallulah Falls. El autobús llegó y ambos lo abordaron siguiendo hablando y riendo hasta que llegaron a la casa de la fraternidad Delta Ru. Casi toda la universidad se encontraba en la fiesta.

—No te me pierdas de vista.

—No soy una niña, lo sabes.

Entraron a la casa donde habían universitarios bailando, tomando, comiendo y jugando juegos. La música estaba a un volumen alto interpretando "Up Town Funk" de Bruno Mars. Varias amigas de Malery tomaron a Sabrina por el brazo y la alejaron de Body mientras Malery se acercaba a él tomándolo del brazo.

—Hola Guapo, que bueno que decidiste venir.

—Sí, Sabrina necesitaba despejarse de los estudios un poco.

—No te preocupes por ella, la música está padre y desperdicias energías si no bailas —Malery lo haló hasta el medio de la sala donde estaban la mayoría bailando.

Las amigas de Malery que se habían llevado a Sabrina comenzaron a alejarla mientras le hablaban.

—Vaya Tanner, es raro verte sin el chico Summers —dijo una de las chicas.

—Sí, parecían siameses desde que tengo memoria —se burló la otra.

—Está haciendo trabajo de investigación —explicó Sabrina.

—¡Ohh! así que eso te ha dicho.

—¿Qué?

—Nada, es que lo hemos visto en el centro comercial con una chica hace varios días.

—¡Enserio! Yo lo vi en el local de artes marciales con una chica muy atractiva. Creo que Summers te está… —dijo la chica haciendo una señal con sus manos como si fuera un toro.

—Por cierto creo que tu hermana da clases en ese local. ¿No te había dicho nada?

—Mathew y yo solo somos amigos. Puede hacer con su vida lo que quiera —contestó Sabrina conteniéndose y agarrando su collar.

—Y el chico que te acompaña hoy, ¿También es tu amigo? —preguntó una de ellas señalando donde estaba Body tratando de zafarse de Malery.

—Si me disculpan —Sabrina se retiró hacia donde estaban las bebidas colocándose sus gafas.

Body logró escapar de Malery y llegar donde Sabrina.

—Oye te dije que no me dejaras con esa…

—Te dije que no era una buena idea venir aquí —interrumpió Sabrina sin mirarlo.

—¡Vamos Sabrina, es mi primera fiesta en Tallulah Falls!, al menos tratemos de bailar.

—Tengo sed, iré por algo de tomar.

—Ok.

Body se quedó dónde estaba esperando, pero al pasar unos minutos recordó la advertencia de Mathew. "Y de ninguna manera permitas que beba alcohol". vio a Sabrina en el área de los tragos con vaso en mano y temió por ver aquello que la advertencia de Mathew quería evitar así que llegó donde ella quitándole el vaso oliendo el contenido.

—¡Oye! ¿Qué pasa, te crees sabueso? —soltó Sabrina un poco molesta.

—No deberías beber, recuerda…

—¡Ves!, Mathew te vino con el chisme.

—¿Cuál chisme?, Supe que en una ocasión hubo un desastre porque tú misma te delataste.

—Nada, olvídalo. Vine para distraerme y eso hago. ¡Aguafiestas!

Sabrina se adentró dónde estaban bailando y le quitó un vaso a otro de los chicos del lugar. Body la miraba perplejo. Sabrina comenzaba a bailar al son de la música y varios chicos se le acercaban rodeándola.

—¿Por qué accedí a cuidar a esta niña? —masculló Body llegando a donde estaba Sabrina bailando, pero Malery le detuvo.

—Ahí estas Body, vamos a bailar.

—No, gracias. Ya voy de salida.

Body sacudió su brazo para zafarse de Malery y llegó hasta Sabrina. La tomó del brazo sacándola de la fiesta.

—¡Déjame! ¡Por qué no le dices a Mathew que no necesito niñera! —gritó Sabrina ya lejos de la fraternidad. Estaba ya algo tocada por la bebida.

—¿Por qué te comportas de ese modo? Por lo que sé, este no es tu estilo.

—¡Tú no me conoces! No quiero hablar ahora.

Sabrina siguió caminando y él siguió tras ella guardando una distancia prudente para darle su espacio. Se sentía ligera y algo mareada. La brisa de esa noche comenzó a reconfortarla y se quitó las gafas para sentirla mejor en su rostro. Comenzó a pensar en aquella fiesta a la que había ido hace años atrás. La fiesta que resultó ser un desastre y en la cual comenzó a querer a Mathew más que a un amigo. Estaban en la escuela superior y luego de aquel incidente de la antigua cafetería Amy se había comportado más estricta que sus tíos. Sabrina estaba bajo estrés ya que nunca había experimentado un robo a mano armada y no sabía qué le había pasado. Ese extraño poder que la envolvió la atemorizaba. Su amigo le había sugerido un evento paranormal a lo que ella se había negado rotundamente. Habían pasado varias semanas y sus tíos empacaban para mudarse de la ciudad. Mathew había invitado a Sabrina a una fiesta de uno de sus compañeros de clase. Esa sería, quizá una despedida. Habían tenido la fortuna de reencontrarse luego de varios años, pero no había certeza que esta vez fuera a pasar lo mismo, así que accedió a ir con él. Mathew era su único amigo, quien la entendía, quien comprendía su desdicha y quien permanecía a su lado sin importar lo extraño y desconocido que le aconteciera. Esa noche de la fiesta Amy había discutido con Sabrina pues no quería que se expusiera a un ambiente que fuera a disparar su extraña maldición. Inclusive acusó a Mathew de ser una mala influencia para ella, lo cual la encolerizó. Estaba muy molesta y decidió escapar por la ventana y encontrarse con Mathew.

—Quizá debiste hacerle caso a Amy —dijo Mathew al Sabrina contarle de la discusión.

—A la verdad sigo sin entender qué vez en ella. Es autoritaria, amargada y mandona.

—Es parte de lo que me gusta, pero olvida eso ahora. Necesitas distraerte y volviendo a tu casa no va a funcionar.

—Pues vamos a la fiesta, necesito quemar energías.

Llegaron a la fiesta y entre baile y baile Sabrina iba a la cocina a buscar soda. Al rato Mathew sintió sed y fue a buscar algo para refrescarse. Sus amigos riendo le dijeron que toda la soda está en el enfriador de bebidas. Al Mathew servirse del dispensador tomó el contenido y lo escupió.

—¡¿Mezclaron alcohol con la soda?! —gritó tirando el vaso.

—Sí —decían riendo sus amigos— y lo más divertido es que muchos no se han dado cuenta. Le dijimos que era una nueva marca de soda.

Mathew llegó hasta Sabrina que ya estaba algo tomada y comenzaba a discutir con otro de los chicos por haberla tomado por la cintura.

—Sabrina vámonos de aquí —Mathew la haló hacia la salida.

—Te estás poniendo igual que Amy, amargado y mandón.

—Bebiste alcohol…

—No es cierto, yo… me porto bien.

—Lo hiciste sin darte cuenta.

—¿Quién hizo esa fechoría? ¡Aquí somos menores de edad, yo aún no he cumplido los diecisiete años! —comenzó a gritar molesta y al sacudir la cabeza sus gafas cayeron al suelo—. Hay que llamar la policía. ¡POLIIICIAAAA!

Mathew observó que sus ojos comenzaban a cambiar de color. Tomó rápidamente las gafas del suelo y se las colocó. Volteó a Sabrina para sacarla de allí pero ella seguía gritando mientras la sacaba a rastras del lugar.

—¡Delincuentes!, querer embriagar a jóvenes inocentes. ¡Policiiiiaaa!

Los muchachos que habían mezclado las bebidas comenzaron a tirar el contenido por el drenaje del fregadero. Sabrina volvió a gritar. "¡Delincuentes!" entonces, la cocina explotó. Mathew sacó a Sabrina rápidamente del lugar y llegaron hasta un parque donde Sabrina ya adormilada comenzó a llorar.

—Si nos vamos a separar ahora ¿quién será mi amigo? ¿a quién le contaré mis frustraciones? No puedo enseñarle mis ojos a nadie más —lloraba casi cayéndose al suelo mientras Mathew trataba de sujetarla.

—Tranquila Batman, Robin buscará la manera de seguirte.

Sabrina comenzó a reír y tomó la cara de Mathew en sus manos.

—¡En serio!, tienes que guardar mi identidad Robin. ¡SHSHSH! Nadie puede saber mi secreto… ¿No me seguirás por Amy verdad? —dijo volviendo a molestarse.

—No, Estaré a tu lado, te protegeré la espalda, soy tu side kick. Robin siempre estará al lado de Batman —dijo Mathew mirando a Sabrina.

Ella rio nuevamente y en un movimiento sorpresivo le dio un beso en los labios a Mathew quien abrió los ojos del asombro, pero no la alejó. Dos segundos más tarde cayó dormida en sus brazos. El la observaba dormida y suspiró diciendo en voz baja. "Ay Sabrina, qué haré contigo".

Sabrina despertó de sus recuerdos caminando por el pueblo de Tallulah Falls. «Esa noche fingí desmayarme, pero no pude olvidar lo que pasó» pensó. Ella estaba consciente que Mathew quería a su hermana mayor, pero de alguna forma estaba esperanzada que ante los rechazos seguidos de Amy, Mathew se diera por vencido algún día. Levantó la vista y se dio cuenta que al cruzar la calle estaba la escuela de jiu jitsu. Aún estaban las luces encendidas y había dos personas practicando, un hombre y una mujer. Sabrina quería corroborar si lo que decían aquellas arpías era cierto. «Solo son chismes» pero, a su vez temía que al ver al interior del establecimiento los chismes resultaran ciertos. La mujer le propinó una llave al varón lanzándolo al suelo, pero el hombre agarró a la mujer derribándola dándole un beso en la mejilla. Ambos se sentaron en el suelo riendo. Sabrina vio a la distancia a Mathew y a Amy como una pareja contenta practicando. A su mente llegó lo que la amiga de Malery le había dicho en la fiesta y el gesto burlón refiriéndose a que Mathew la engañaba con una chica hermosa. A pesar que se había repetido en su mente una y otra vez que sabía lo que acontecería, el presenciar al fin que Amy se veía feliz con su mejor amigo le causó un fuerte dolor en su corazón. Las lágrimas comenzaron a fluir. Sabrina tenía su mano agarrando fuertemente su collar, lo haló de un tirón y lo lanzó al suelo. Body al observar la reacción de Sabrina se acercó preocupado.

—¿Estás bien?, ¿Qué te sucede?

Él estaba perplejo al verla llorando y ella sentía que sus emociones estaban llegando al límite. Sabrina comenzó a retirarse pero Body la detuvo por el brazo. Ella dirigió su mirada nuevamente en dirección a la escuela de jiu jitsu y desesperada por salir de aquella visión manoteó para liberarse de él. Con el movimiento brusco sus gafas cayeron al suelo. No quería seguir presenciando esa escena que le causaba un profundo dolor. Sentía su corazón quebrarse y desprenderse a pedazos. Ya no aguantaba más, no podría controlar el poder que nuevamente se avecinaba por sus ojos. En ese momento Body observó al establecimiento que estaba al cruzar la calle y su collar nuevamente pulsó. Estaba sorprendido de lo que estaba pasando. Por fin había encontrado a la chica de cabello negro. Estaba al cruzar la calle, pero no podía dejar ir a Sabrina tan alarmada. Entonces vio que el chico que acompañaba a esa chica misteriosa era Mathew y empezó a encajar las piezas del rompecabezas. Sabrina sentía algo por ese tonto, algo que obviamente no era correspondido. Body vio el letrero de la escuela de artes marciales y pensó; «Ya sé dónde encontrarte Fénix». Tomó el collar y las gafas de Sabrina que estaban en el suelo y corrió tras ella. Sabrina estaba desesperada tratando de ocultar su mirada.

—¡Espera! —se detuvo frente a ella jadeando por la corrida.

Se veía perdida, vulnerable, hecha pedazos. No sabía qué decirle, qué podría argumentar para calmarla, para aliviar la herida de su corazón roto y solo siguió sus instintos. La abrazó fuertemente aún sujetando el collar y las gafas. Ella se agarró de su chamarra desahogándose ocultando su rostro. Sintió toques en su pecho, ¿pulsaciones?, ¿era su corazón? Era... ¡el ópalo! Una, dos, tres veces; el ritmo se aceleraba como si fuera un detector de metales al encontrar el objeto para lo que había sido creado. El ópalo pulsaba nuevamente y observó a todos lados pues pensaba que la chica de cabello negro se acercaba, pero no había nadie. Entonces una resolución llegó a su mente. No podía creerlo, la había tenido tan cerca de él y no la había reconocido. Body estaba petrificado sintiendo cómo pulsaba su collar mientras el Fénix derramaba su alma escondida en su pecho.

EL FÉNIX

*B*ody seguía estupefacto y petrificado. El ópalo de su collar seguía pulsando cada vez más fuerte, y de alguna manera su corazón también. Ya casi no distinguía entre el uno y el otro. No sabía si era por la euforia de por fin haber encontrado al Fénix o había comenzado a sentir algo por aquella chica a la cual estaba abrazando. «No, esto es lo confuso del momento. He cumplido con encontrar al Fénix, nada más» se decía mientras intentaba consolar a Sabrina.

—Sabrina, por favor mírame.

—No puedo Body, mis ojos…

—Ya sé que tus ojos se afectan y más cuando has llorado. Pero necesito decirte algo importante.

—¿No puedes tan solo guardar silencio y dejarme llorar?, ya es bastante vergonzoso.

Sabrina no sabía qué hacer, sentía que ese extraño poltergeist iba y venía. Pensó que quizá si lloraba y se ocultaba en el pecho de Body podría funcionar para calmarla. Tal vez su perfume la distraería, pero no estaba funcionando. Ahora su llanto era más por no saber qué hacer, que el mismo sentimiento que hubiera sentido por Mathew y Amy. Estuvieron así unos minutos cuando dos personas se acercaron.

—¿Sabrina? —preguntaron a espaldas de Body.

Mathew corrió preocupado y Amy lo siguió cuando ella los sintió cerca se aferró más a Body. Ambos primos se miraron de manera dura y Mathew comenzó a reclamarle a Body.

—¿Qué le has hecho? ¡Te advertí que no la hicieras llorar!

—Si ella está así no es culpa mía, si no por… —sintió a Sabrina que negaba con su cabeza ocultada en su pecho—. Olvídalo.

—Sabrina, ¿Qué tienes? —preguntó Amy preocupada.

Sabrina nuevamente sentía perder el control. Tenía que alejarse de allí. Se separó de Body bruscamente y al Mathew intentar aguantarla el poder en ella se activó repeliéndolo. Comenzó a correr mientras Amy le dijo a Mathew.

—¡Tenemos que detenerla!

Mathew asentó con su cabeza y Body pensó que Amy era su enemigo quien estaba tras el Fénix y que Mathew se había dejado engañar. Se colocó frente a ellos impidiendo el paso.

—Dejen que se calme sola. Ya estaba mejor hasta que llegaron.

—¡No entiendes Body! —suplicó Mathew.

—¡No!, tú no entiendes —los primos se enfrentaban con tenacidad en sus miradas.

—¡Amy! —gritó Mathew para que Amy siguiera tras Sabrina.

Body volvió a interponerse y Amy lo miró directo a los ojos con autoridad.

—Muévete o cumple tu misión, sieger.

—¿Tú… eres la shützend? —miró sorprendido y bajó su cabeza en respeto.

El grito de Sabrina se oyó a lo lejos. Mathew, Amy y Body corrieron para encontrarse a Sabrina detenida por dos orcos guerreros. Ella había resbalado de la impresión al topárselos de frente cayendo al suelo.

—Ya es tarde, Fénix, ya sabemos que eres tú —apuntó uno de los orcos a Sabrina quien tenía sus ojos cambiantes.

—¡¿Zauberers?!(6) —Amy y Body susurraron en asombro al mismo tiempo.

Uno de los zauberer tomó a Sabrina por la pierna y comenzó a arrastrarla mientras ella luchaba por zafarse en vano. Mathew corrió y dio un salto propinando una patada que derribó al orco que tenía a Sabrina.

—Aléjala de aquí, ponla a salvo —ordenó Amy al sieger.

Body corrió hasta Sabrina y la levantó del suelo para cargarla y llevarla lejos de allí mientras Amy corría a ayudar a Mathew. De sus manos se formó una espada de cristal y la batalla entre shützend, zauberer y humano comenzó. Body colocó a Sabrina en el suelo nuevamente al alejarse del lugar.

—Quédate aquí, iré a ayudar...

No terminó su oración cuando vio en Sabrina el pánico en sus ojos que estaban cambiando de púrpura a un rojizo. Otro zauberer apareció y se acercaba para atacar. Ante el inminente peligro Body se transformó. Una impresionante armadura dorada y plateada lo vestía y unas alas de ángel enormes salieron de su espalda. Sabrina estaba atónita y a su mente llegó el recuerdo de su pesadilla. Esa pesadilla recurrente que la atormentaba. La guerra, la figura con alas frente a ella y luego la oscuridad. Body juntó sus manos cuando el zauberer se acercó para atacarlo y de ellas se formó un torbellino donde apareció una espada. A su espalda, se encontraba Sabrina quien ya no podía controlar el poder que recorría por sus venas hasta llegar a su cabeza. Body miró con el rabillo del ojo a su espalda para ver cómo estaba, pero ella se encontraba en un trance y las llamas que salían por sus ojos formaron en ella la forma de un fénix en su frente. Aún estaba sorprendido con lo que veía, pero era un soldado y tenía que mantener la calma aunque en ese momento no supiera qué hacer para que Sabrina no perdiera el control. Un recuerdo fugaz llegó a su mente, Caleb del clan gelehrt, el sabio que lo envió a la Tierra, le había hablado del peligro que representaba en que el Fénix perdiera el control de sus poderes. "Cuando el Fénix no ha pasado por un entrenamiento para controlar su poder, el mismo se apodera de él. Aunque el poder del Fénix equilibra la magia en Égoreo, si el poseedor de tal poder no puede controlarlo causaría un gran cataclismo que podría desaparecer aldeas a su alrededor. Para eso están los shützend para proteger al Fénix, así sea de él mismo. Y tú fuiste elegido para ser uno".

Recordando las palabras del sabio sabía que tenía que alejarla de allí. Se volteó y tomó a Sabrina en sus brazos. De un salto abriendo sus enormes alas se remontó al cielo. Ella estaba perdiendo el control y su temperatura comenzaba a ascender. Body ya no sabía cómo detenerla. Si permitía que su temperatura continuara subiendo y no controlaba su poder, todo Tallulah Falls terminaría convertido en cenizas. Observó que no muy lejos de allí comenzaba el bosque y en él había un río y unas cascadas. Pensó llevarla hasta allí para poder bajar su temperatura, pero los temblores incrementaron.

—Ayúdame no puedo más —susurró Sabrina sin dejar de temblar.

Body comenzó a sentirse impotente al escucharla. Su corazón comenzó a palpitar fuertemente provocándole dolor. Lo único que vino a su mente fue utilizar su último recurso. «Sabrina lo tendrá que superar, pero tengo que intentarlo». La alejó un poco de su pecho mirándola fijamente y posó sus labios sobre los de ella mientras la envolvió con sus alas. En ese momento un destello se presenció en el cielo.

En el suelo Amy atravesaba el pecho de uno de los orcos con su espada y volteó al sentir acercarse una flecha. Utilizando su magia la desintegró y lanzó su espada hacia el orco que había lanzado la flecha. Justo antes de que la espada llegara hasta el orco, éste ya había lanzado otra flecha que se dirigió a Mathew rozando por el lado a Amy. Con una patada Mathew llevó al orco con el cual luchaba en dirección a la flecha que venía hacia él y éste se desvaneció al ser atravesado por la misma. Un resplandor en el cielo llamó su atención y observaron que ese resplandor se dirigió al bosque como una estrella fugaz. A su alrededor las personas del poblado habían salido tras la algarabía de la lucha y comenzaron a grabar con sus celulares. Mathew alarmado se acercó a Amy.

—¿Qué vamos a hacer con ellos?

—No te preocupes yo me encargo.

Amy levantó su espada y la enterró en el suelo produciendo unas ondas de energía como cuando una roca golpea el agua. La honda se expandió sutilmente hasta llegar a las personas que se habían acercado quedando en un leve trance para luego seguir su camino como si nada hubiera pasado.

—Vámonos —ordenó Amy levantando su espada y comenzando a retirarse.

—¿Co…Cómo lo hiciste?

—Olvídalo no es algo que un tödlich$_{(3)}$ entendería ahora.

—¿Quién es un tödlich?

Amy lo miró de cabeza a pies y se retiró sin contestarle. Mathew la siguió preguntándose qué sería lo que significaba esa expresión.

Body sentía que de algún modo estaba absorbiendo parte del poder de Sabrina pues su corazón latía fuertemente y de una manera acelerada. También porque ella ya dejaba de temblar y su temperatura estaba volviendo a la normalidad. Rompió el beso al llegar a la orilla del río donde la colocó delicadamente en el suelo. Sabrina había perdido la consciencia y parecía estar dormida. «! ¿Qué he hecho?! Al menos he logrado calmarla, pero a qué precio» pensó. Acomodó su cabello mientras la observaba con dulzura y a su vez con lástima.

—¿Cuánto habrás tenido que soportar sola?

Se escucharon pasos en el bosque y de la espesura salió una silueta. Body, que estaba al lado de Sabrina se levantó erguido en posición de guardia. Vio que eran Amy y Mathew cuando se acercaron y respiró aliviado. Amy sintió algo extraño en el aura de su hermana y el sieger. Los observó detenidamente, de Sabrina hacia él una y otra vez.

—Ella está bien, solo esta inconsciente —dijo Body bajando su espada.

Amy se acercó desafiante a Body con espada en mano y apuntó contra él. Sus alas se movieron un poco ante el gesto de la shützend, pero se mantuvo derecho en posición de guardia.

—¡¿Qué has hecho sieger?! Tu misión era encontrarnos y tu destino protegerla no ser su compañero de vida. Has alterado la magia del Fénix, ahora estarás ligado a ella.

—¡¿Qué?! —gritó sorprendido Mathew.

—No había opción. Si dejaba que saliera de control hubiera

destruido media ciudad y eso lo sabes muy bien shützend... Hice lo que tenía que hacer para salvarla a ella y a los humanos. No fue mi intención ligarme al Fénix, sé cuál es mi lugar.

Mathew se acercó molesto agarrando por el cuello a Body quien se mantuvo sereno y aún en posición de guardia.

—¿Unirte al Fénix? ¿Ligado a Sabrina? ¿Qué rayos significa eso? ¿Cómo...

Amy se interpuso entre ambos y separó a Mathew.

—Lidiaremos con esto en Égoreo. Hay que encontrar la manera de regresar. Ahora que ha despertado su poder, el enemigo regresará por ella.

Sabrina despertó en una habitación que no era la suya. Comenzó a observar el cuarto donde se encontraba. Vio una foto en la repisa de cuatro niños sonrientes, dos niñas y dos niños. Sabrina se reconoció a sí misma en la foto cuando era una niña. También reconoció a su hermana y a los otros dos niños, Mathew y su hermano mayor Aoshi.

—¿Qué hago en la habitación de Aoshi?

Recuerdos de la noche anterior llegaron a su mente. Había visto a Mathew entrenando con Amy y ambos se veían felices. Recordó que se había desesperado y su poder comenzó a controlarla. Lo último que recordó fue que Body la abrazaba para consolarla. Ahora despertó en la habitación de Aoshi...pero esa habitación ahora la usaba Mathew. Sabrina recordó el pequeño encontronazo entre primos la noche anterior. Se levantó avergonzada y salió de la habitación a hurtadillas intentando no ser vista por nadie. Al pasar sigilosamente por la sala escuchó la voz de Mathew desde la cocina.

—Sabrina ven y desayuna.

Por más que lo intentó, fue descubierta en plena escapada. Llegó hasta la cocina donde estaban Body, Mathew y Amy desayunando. Body puso un plato adicional de cereal en la mesa y se sentó al lado de su primo. Mathew le señaló el plato para que se sentara con ellos y Sabrina caminó hacia la mesa de una manera pausada, casi temerosa de lo que fuera a ser la conversación que seguía. Se sentó al lado de su hermana y saludó con algo de timidez en su voz.

—Buenos días.

—Buenos días —contestaron todos.

—¿Y tus padres Mat? —preguntó Sabrina mirando por todos lados.

—Ya se fueron a trabajar.

—Ah.

—¿Cómo te encuentras? —preguntó Amy lo que hizo que Sabrina se ahogara con el jugo que comenzó a tomar. Amy le comenzó a dar en la espalda y ambos primos le ofrecieron una servilleta.

—Estoy bien pero...no recuerdo que pasó anoche —susurró tímidamente.

—Sé que estas mintiendo hermanita —dijo Amy.

—No intentes evadir un regaño Sabrina, ya saben que te emborrachaste en la fiesta y te desmayaste en el parque —mencionó Body con la mano en su frente apoyando el codo en la mesa y mirando a Sabrina con un gesto de, "Estás en problemas".

—De seguro no quiere recordar que me vomitó toda la camisa, sin contar que cayó sobre sus gafas haciéndolas trizas —prosiguió Mathew.

—Y mi chamarra nueva. La vomitaste antes de desmayarte y hacer el ridículo en la calle —culminó Body.

Sabrina frotaba sus manos por su cabeza despeinándose y colocando su frente en la mesa boca abajo. Se sentía tan avergonzada que no podía ni siquiera alzar la vista. Amy miró a Mathew y a Body que le hicieron señas con la mano que guardara silencio.

—Lo...siento —se oyó la voz de Sabrina en frustración.

Body al oír el matiz en la voz de Sabrina comenzó a sentir lástima, pero no podía demostrar ningún sentimiento hacia ella especialmente frente a Amy quien era su superior.

—No te preocupes solo me deberás una chamarra nueva —dijo para despejar cualquier sentimiento de apego hacia el Fénix.

Sabrina levantó su cabeza de repente mirando profundamente a Body que estaba frente a ella. Body quedó capturado ante la mirada intimidante de Sabrina y se enderezó en la silla.

—Yo no soy la única culpable de todo esto. Te dije que era una mala idea ir, ¿No?, Te lo dije, pero noooo, hay que distraerse, no quiero estar solo con Malery —rio sarcásticamente imitando la voz de Body cuando dijo lo último.

—Yo no fui quien tomó alcohol libre y voluntariamente —reprochó Body levantándose de la silla.

Sabrina abrió su boca pero no pudo contestar nada. Miró a Mathew que tenia unas gafas colgando de su camiseta y se las arrebato para colocárselas.

—Si te enojas no es culpa mía, tienes que ser responsable de tus actos —siguió Body cruzando los brazos.

Un golpe en la mesa los hizo callar y casi saltar de la impresión. Amy había dado el golpe como juez cuando va a dar su veredicto.

—Silencio los dos. No son niños. Ya lo que pasó no puede cambiarse, así que todos hagamos las paces en esto. Y tú —dirigiéndose a Sabrina–. Vámonos.

Amy se retiró del comedor y Sabrina la siguió. Cuando salieron por la puerta Sabrina detuvo a Amy por el brazo.

—No le menciones nada a los tíos por favor.

—¿Por qué crees que vinimos aquí en primer lugar? No quiero involucrarlos en problemas innecesarios. No lo merecen.

—Lo sé.

Sabrina siguió caminando pero Amy se detuvo confrontándola cara a cara.

—¿Qué exactamente recuerdas?

—Ya dije.

—No, no dijiste nada. Los demás hablaron por ti.

—Lo último que recuerdo fue que estaba caminando con Body —mintió pues recordaba la razón por la que lloraba en brazos de Body.

—¿Seguro que es eso?

—Sí, ¿Por qué tanta la insistencia?

—Por nada. Le diremos a los tíos que nos quedamos en casa de...

—No tenemos amigos excepto Mathew y sus padres... ¡¿Me vieron borracha anoche?! —casi gritó Sabrina al mencionar los padres de su amigo.

—No. Ellos dormían cuando llegamos.

—¿Y qué le dijeron en la mañana?

—Que salimos tarde del cine y nos quedamos hablando en su casa.

—Pues ¿por qué pensar en otra excusa?, necesitas práctica hermana. Y eso que soy la menor —dijo Sabrina pasándole por el lado a Amy en dirección a su casa.

Mathew se levantó de la mesa del comedor sin antes decirle a Body.

—Sígueme.

Body se levantó y ambos caminaron hasta la habitación de Aoshi donde Mathew dormía.

—Ahora sé que mi familia son guardianes del secreto de Égoreo aquí en la Tierra. Gracias a esto —mostró Mathew su collar de ojo de tigre.

—No entendía por qué no sabían nada, tuve que...

—Lo sé, hacernos creer que somos parientes. Para ser un ángel, cuesta creer que mientas.

—No soy ese tipo de ángel que crees o que creen los humanos. Mi clan posee alas, pero no somos Ángelus. Supongo ahora que has despertado sabrás de lo que hablo.

—Cuatro clanes o elementos forman la tierra de Égoreo, Los Mächtig$_{(7)}$, Sieger$_{(8)}$, Zauberer$_{(6)}$ y Gelehrt$_{(5)}$. Fuego, Aire, Tierra y Agua. Los Guerreros, los Ángeles, los Elementales y los Sabios. Todos poderosos en su magia, pero sujetados por la esencia del Fénix que equilibra la naturaleza. El gran Arquitecto, el Creador le cedió ese poder para evitar que el Caos se apoderara de su existencia. Ambos se equilibran, en este y el mundo o la dimensión de Égoreo. ¿Continúo? O ahora sabes por qué te pedí que la protegieras.

Body recordó su conversación en la universidad.

—¿Este era el gran favor que te debía?

—¡Exacto! Mi hermano era quien llevaba el collar antes. Mi abuelo se lo entregó esperando ver al último Fénix que nunca llegó. Mi padre nunca creyó en sus historias pero mi hermano sí. Mi padre lo persuadió que fuera a estudiar al extranjero y dejó los escritos y el collar del abuelo. Protegía a Sabrina de manera instintiva porque ninguna de ellas recordaba su misión. La memoria de Amy fue alterada por la primera shützend antes de morir, quería que tuviera una infancia lo más normal que pudiera. La magia y el destino unieron nuestros caminos. Ahora yo poseo el collar, así que la responsabilidad del guardián ha caído sobre mí.

—Sabrás que tenemos que encontrar un portal a Égoreo y llevar al Fénix de vuelta.

—Lo sé, pero las instrucciones del Fénix previo no fueron esas.

—¿Instrucciones del rey?

—Sí —respondió Mathew buscando los escritos de su abuelo—. El padre de Sabrina le dejó un legado, algo más que ser el Fénix, algo más que una simple corona.

—Qué sabes tú guardián, que yo, un sieger, no sepa.

—Cada cual sabe la misión que nos toca, pero si no trabajamos en equipo, nadie cumplirá su propósito. Así que aunque sea un simple mortal ante tus ojos, no soy menos que tú.

—De acuerdo… ¿Cuál fue el legado del rey?

—El último Fénix no ha sido entrenado propiamente. Un lugar, para prepararse para lo que se avecina, ese fue su legado. Pero para abrir ese portal necesitábamos el poder de todos los guardianes y como sabrás una de ellas está muerta.

—¿Entonces…

—Estoy estudiando todo los escritos de mi abuelo y necesito que me ayudes.

—¿A leer? —preguntó Body viendo los volúmenes de libros que había puesto sobre la cama.

—Aunque no me guste la idea, tú eres el enviado de Égoreo para encontrarla y protegerla. Deberás seguir vigilándola, cuando recuerde lo sucedido habrá que enfrentarla a su realidad. Solo cerciórate que no recuerde sobre lo de… tú estar unido a ella.

—¿Cómo quieres que haga eso?

—Como hiciste conmigo y mi familia.

—Con ella no funciona.

Mathew se acercó alarmado y seriamente le preguntó:

—¿Ya habías intentado adentrarte en su mente?

—No sabía que era el Fénix, pensé que era tu amiga entrometida.

Mathew pasó sus manos por su cabeza intentando controlar su enojo. Respiró hondo y luego le dijo:

—Solo avisa si pasa algo. Por favor, solo haz eso.

—Ya le dije a la shützend que sé cuál es mi lugar, no necesito repetirlo —salió del cuarto cerrando la puerta tras salir—, y menos a un tödlich.

Body bajó las escaleras y caminó a la puerta cuando se percató que en el suelo se encontraba el collar de Sabrina. Lo recogió y lo miró recordando el beso que le dio para tratar de controlarla «¿Por qué tuvo que ser ella?» pensó guardando el collar en su bolsillo y saliendo de la casa.

Ya en la casa de los Stevenson, Amy se disculpaba con sus tíos por no haber llegado la noche anterior.

—Lo siento fue mi error.

—Tía lo siento, mi celular estaba sin carga y me quedé dormida con una migraña fuerte que me dio. Amy no quiso despertarme y nos quedamos dormidas en la casa de los Summers, no volverá a pasar. Lo prometo —se disculpó Sabrina.

—Está bien cariño solo nos preocupamos por ustedes —respondió la Tía besando la frente de Sabrina.

Sabrina subió a su habitación, abrió la primera gaveta de la cómoda la cual estaba llena de gafas oscuras de marca. Tomó una y se la colocó a modo de diadema mientras se miraba al espejo.

—¡Maldita sea por que no recuerdo nada!

Esa mañana en la universidad, Sabrina se encontraba llegando a uno de los salones cuando encontró a Jiroshi.

—Hola Tanner ¿cómo has estado?

—Todo bien. Gracias —contestó.

—¿Te está funcionando la labradorita?

—¿Labradorita? —lo miró confundida.

—Sí, se la di a Mathew para que te lo entregara —Jiroshi miró a todos lados y se acercó a Sabrina diciéndole en secreto—. Ya sabes, lo del poltergeist.

Sabrina recordó el collar e instintivamente palpó su cuello.

—¡Mi collar!

—¿Qué?

—Mi collar tiene la piedra y creo haberlo perdido. Adiós, tengo que encontrarlo —se despidió alejándose del lugar.

—De acuerdo te veré luego.

Sabrina salió de la universidad en dirección al parque de juegos de niños que estaba cerca. Empezó a buscar por todos lados. "Tiene que estar aquí" recordó que estaba caminando con Body la última vez que lo tenía puesto y empezó a recorrer el mismo camino que anduvo con él. Se acercaba al local donde Amy practica jiu jitsu y comenzó a sentir sus latidos acelerarse y un dolor en el pecho al recordar lo feliz que se veían su hermana y su mejor amigo. Sabrina sacudió la cabeza de lado a lado y comenzó a caminar.

—Recuerdo que lo lancé por aquí —se dijo buscando por el suelo.

Body llegó por instinto a donde se encontraba ella. La miró de lejos pensando en todo el sufrimiento que tuvo esa noche. A su mente volvió la imagen del beso. «Body ya basta esto no puede ser. Eres su guardián» pensó. Suspirando sacó el collar para observarlo. Sabrina se volteó y se asombró al verlo. Body ocultó el collar rápidamente al oír su voz.

—¿Otra vez, siguiéndome? Te dije que le dijeras a Mathew que no necesito niñera.

—¿Niñera? ¡Oh! ya veo, pues yo creo que sí. Si no fuera por mí te hubieras quedado en la calle toda la noche. ¿Sabes algo?, eres un poco pesada para tu estatura —dijo Body recostándose de un auto.

—¿Qué? Y de quién fue la gran idea de ir a la… —se le escapó un suspiro de impotencia—, ¿sabes qué? Olvídalo. Déjame sola ¿quieres? Estoy ocupada.

Body vio que Sabrina se volteó y seguía buscando por el suelo. En su pecho surgía una sensación de enojo y luego de impotencia. Se tocó el pecho y luego la miró sorprendido. «Estos no son sentimientos míos... son de ella. Tenemos que volver lo antes posible».

—¿Aún sigues ahí? ¿Qué no sabes cuando no eres bienvenido?, entrometido —dijo todavía de espaldas a él.

—Sí, es mi mejor cualidad. ¿Acaso buscas esto? —mostró el collar a Sabrina quien se le acercó y lo tomó de sus manos con urgencia.

Cuando sus manos hicieron contacto ambos se sobresaltaron al sentir una leve electricidad. Body aclaró su garganta y puso sus manos en los bolsillos.

—Lo vi en el suelo en casa de Mathew y sabía que lo estarías buscando. Por eso lo traje.

—¡Gracias!... Esto significa mucho para mí... Bueno...adiós. Ya pronto tengo clase.

—Sí yo también. Te acompaño —dijo caminando tras ella.

Se dirigieron hacia la universidad y en el camino pasaron por la cafetería de los Stevenson. El estómago de Body comenzó a gruñir. Sabrina lo miró sonriendo.

—¿No has comido?

—No, pero aun así cada vez que paso por la cafetería mi estómago pide a gritos tarta de moras —respondió algo avergonzado.

—Pues entremos, también tengo hambre.

Entraron a la cafetería y se sentaron en una de las mesas. El tío de Sabrina los recibió con alegría.

—Hola, ¿lo de siempre Body?

—Sí señor Stevenson.

El tío se quedó mirando a su sobrina hasta que ella captó el mensaje cuando le dijo alzando las cejas, "Tarta de moras para el caballero".

—Si tío voy enseguida —respondió Sabrina levantándose de la mesa.

Mientras comían habían hablado de muchas cosas. Música,

arte, matemáticas y Sabrina trataba de explicarle a Body los conceptos de cálculo. Había pasado horas y ya era la tarde de ese día. Por la puerta del local entraron Mathew y Amy. Sabrina al verlos cambió su semblante. Su corazón comenzó a latir fuertemente causándole dolor. Body pudo sentir lo que le pasaba, pero solo podía fingir que todo estaba normal.

—Ahí estas —dijo Mathew acercándose y sentándose junto a ellos—. Faltaste a la clase del profesor Robinson y estaba preocupado.

—No me sentía bien. Disculpa; iré a lavar los platos —respondió levantándose de la mesa y dirigiéndose a la cocina.

—¡Wow! También falte a la mía. El tiempo se fue volando. Sabrina me estaba explicando algunos ejercicios de cálculos —dijo Body mirando su reloj.

—Mathew ya estoy preparada. ¿Nos vamos? La clase de jiu jitsu va a comenzar —dijo Amy acercándose a la puerta de entrada.

—Sí. Los veo luego tengo la clase de investigación y de ves dejo Amy en su clase —se despidió saliendo junto con Amy sin antes hacerle señas a Body con sus manos de que lo estaba vigilando.

Sabrina salió de la cocina y se sentó en la mesa nuevamente. Comenzó a sentirse mareada y puso sus manos en su cabeza. Sintió la mirada penetrante de Body que la hizo mirarlo.

—¿Estás bien? —preguntó.

—Sí, estoy bien solo un poco cansada. Me voy a recostar, te veré luego —se levantó de la silla. Caminó hasta la puerta que da a las escaleras de la casa y se detuvo—. Y gracias por encontrar mi collar.

Entrada la noche Mathew se encontraba de regreso. Cuando abrió la puerta de su cuarto vio a Body sentado en la cama de Aoshi ojeando los cuadernos del abuelo.

—Vaya ¿estudiando? —mencionó Mathew con sarcasmo.

—Me dijiste en la mañana que tenía que ayudarte a leer. Pues eso hago —respondió sin alzar la mirada de los cuadernos.

—Solo dije que cuidaras a Sabrina, pero te le estás acercando y no de la mejor manera —refutó acercándosele.

Body alzó la cabeza y cerró el cuaderno colocándolo en la cama. Se levantó enfrentándose a él. ¿Quién se creía que era? Se creía más que un simple tödlich y eso lo estaba empezando a molestar. Un simple mortal dándole órdenes, era imperdonable. Estaba comportándose como si tuviera alguna autoridad sobre Sabrina. Era como si estuviera...celoso.

—¿Sabes? Yo diría que suenas un poco celoso.

—¡Celoso! ¿Yo?

—Sí, deberías aclarar tus sentimientos.

—¿De qué rayos hablas?

—De cómo ves a Sabrina. ¿La ves como una hermana o como una mujer? Solo pregunto. No creo que tus sentimientos sean "tan puros como los angelitos".

Mathew apretó la toalla que tenía en sus manos fuertemente. Luego de haber despertado todo sentimiento de familiaridad se estaba convirtiendo en desconfianza y ahora saber que se había "ligado" a ella le provocaba coraje. Estaba haciendo un esfuerzo extraordinario para no propinarle un merecido derechazo, pero tenía que controlarse. Aunque quisiera golpearlo, Body era un sieger fuerte y él no tenía las fuerzas suficientes para vencerlo si se enfrascaban en una pelea. Aun así tenía que hacerle ver que se estaba pasando de la raya, lo cual no permitiría. Sin quitarle la mirada le advirtió.

—Aunque seas un sieger, ángel o protector, te haré pedazos si te metes conmigo o le haces daño a Sabrina. Aun no sabes de lo que soy capaz.

—¿Es una amenaza? –levantó las cejas retándolo.

—No. Solo es una advertencia amistosa —Mathew forzó una sonrisa en sus labios pero no le quito la vista.

—Solo te aconsejo que aclares tus sentimientos. De todos modos una de las dos hermanas sufrirá.

Body salió del cuarto de Aoshi y bajó las escaleras. La madre de Mathew estaba subiendo y le preguntó a Body.

—¿A dónde vas? Pronto estará la cena.

—Necesito aire ya que el ambiente de aquí es sofocante —dijo saliendo por la puerta visiblemente molesto.

La Sra. Summers miró a su hijo seriamente cruzando sus brazos.

—¿Qué le hiciste?

—¿Por qué siempre me culpas a mí?, no hice nada —respondió Mathew cerrando su puerta.

Sabrina estaba en la calle llorando sintiendo desesperación e impotencia. Sabía que sus sentimientos por Mathew no podían ser correspondidos como ella había soñado. Repentinamente sintió algo fuerte agarrando su pierna. Una silueta tenebrosa y oscura apareció frente a ella. Se desesperó tratando de sacudirse de quien la tenía prisionera y a su vez intentaba pedir ayuda, pero nada salía de su boca. Ese ser grotesco la agarraba del brazo ahora y se acercó a su rostro diciendo con una voz profunda: "Te encontré Fénix. Te llevaremos con él", Sabrina no podía gritar. Sentía todo su cuerpo frío y un manto negro que la estaba envolviendo. En un gran esfuerzo pudo articular solo una palabra. Lo único que salió de su boca en un susurro fue el nombre de Mathew.

Se levantó toda empapada en sudor y agitada. Su corazón parecía que quería salir de su pecho. Un sentimiento fuerte de enojo la envolvió casi dejándola sin aire. Se levantó sacudiendo la cabeza "Fue un sueño, fue un sueño, fue un sueño". No encontraba como calmarse. Tenía su mano en el pecho agarrando el collar y respiraba profundamente de manera agitada. Siguió así unos minutos hasta que sintió sus palpitaciones disminuir. Luego se dirigió al baño y entró a ducharse. Posiblemente el agua la calmaría. Cuando salió de la ducha vio que el reloj marcaba las diez de la noche.

—¡Vaya así no podré dormir! Saldré a tomar aire.

Mathew se tiró en la cama después de ducharse y pensaba en lo que Body le había dicho. "¿Cómo ves a Sabrina? ¿La ves como una hermana o como una mujer? ...Te aconsejo que aclares tus sentimientos. De todos modos una de las dos hermanas sufrirá".

—¡Ah! Ese sieger cree que me conoce y trata de... —Mathew dio un golpe con su puño en su almohada—. No. Él tiene razón, debo aclarar todo... pero cómo, si ni yo mismo me entiendo. ¡Demonios! —dijo dándose golpes con la almohada.

Sabrina estaba caminando por las calles de Tallulah falls tratando de aclarar su cabeza y enfriar sus pensamientos. Repentinamente oyó unas detonaciones y cuando se volteó vio a unos chicos jugando con fuegos artificiales. Suspiró de alivió y se arregló sus gafas. Cuando comenzó a caminar se detuvo agarrando su cabeza sintiendo un fuerte dolor y poniéndose de cuclillas. En cuestión de segundos cesó el dolor y comenzó a levantarse, pero en frente, se vio a ella misma perdiendo el control. Vio que unos seres grotescos como de cuentos de terror la agarraron. Vio a Amy en una armadura plateada y con espada en mano. Vio también a Mathew luchando con uno de los seres grotescos. Cuando cerró y abrió los ojos la visión desapareció y ahora vio a Body con una armadura dorada y plateada. De su espalda salieron unas alas enormes que los elevó al cielo y allí, la envolvió con sus alas besándola. Sabrina despertó agitada cuando escuchó los estruendos de los fuegos artificiales.

—No es posible. Tiene que ser un sueño —susurró Sabrina sacudiéndose la cabeza aferrando sus gafas al rostro y regresó a la cafetería de sus tíos.

Habían pasado varios días y todo fluía con relativa normalidad. Relativa solo porque seguía asistiendo a clases, pero luego llegaba a su casa y se encerraba a estudiar. Mathew seguía en las clases de jiu jitsu con Amy y Body solo lo veía de lejos en la universidad. Él asistía a la cafetería con regularidad pero Sabrina no estaba en ánimos para hablar ni ver a nadie. Seguía teniendo visiones a manera de recuerdos fugaces. Su pesadilla se repetía hasta que un día se hartó de su depresión y encendió su televisor para ver una película. Fue entonces que comenzó a encajar las piezas de su rompecabezas al ver que la protagonista era rescatada por el héroe, quien era un extraterrestre y luego de salvarla le dio un beso que la hizo olvidar desmayándola. Recordó que Amy y Mathew habían llegado a pelear con aquellos seres, hasta que Body transformado la elevó por los aires. Sabrina recordó que perdía el control y en un acto de impotencia y desesperación le suplicó al ángel que la ayudara. Entonces fue cuando sintió el beso. La había envuelto en una paz que poco a poco la fue calmando hasta llevarla a la inconsciencia. Se sentía sorprendida pero a su vez enojada. Estaba furiosa en que su hermana y su mejor amigo le ocultaran la verdad aun después de haberla visto al día siguiente del suceso.

A la mañana del próximo día, Sabrina salió de su cama con un fuerte dolor de cabeza y sin haber dormido. Cuando bajó las escaleras se encontró con su tío.

—Buenos días tío. ¿Sabes dónde se encuentra Amy?

—Buenos días dormilona. Sí, ella tuvo que suplantar a su maestro de jiu jitsu. La llamó temprano. Creo que se encuentra enfermo.

—Ok gracias tío —se despidió y corrió hacia la puerta.

Amy se encontraba ya en el salón con todos los estudiantes en formación. Repentinamente un espejo que estaba colocado en la pared de entrada se cayó y su cristal quedó hecho trizas. Los estudiantes se alarmaron y luego comenzaron a reír.

—Vamos chicos es solo el espejo que se cayó —Amy comenzó a recoger los pedazos.

—Sensei creo que es de mala suerte que se rompa un cristal — dijo uno de los chicos que está en la formación.

—No. Eso quiere decir que algo malo se avecina —aseguró otro de los estudiantes.

—Ya dejen de hablar; vamos a comenzar —ordenó Amy comenzando su clase.

En ese instante las puertas del local se abrieron de par en par y entró una chica de mechones rosa, con gafas oscuras y a paso ligero. Se dirigió furiosa directo hacia la instructora llevándola contra la pared con las manos en su cuello.

—¿Por qué me ocultaste la verdad sabiendo todo lo que estaba sufriendo? —gritó Sabrina.

—Yo hace poco desperté. Tampoco lo sabía.

Sabrina se dio cuenta que había un silencio en el salón. Volteó y vio a los estudiantes en la parte posterior asustados. Cuando volvió a mirar a Amy sus manos estaban en llamas y aún en el cuello de su hermana. ¿Cómo era posible que estuviera a punto de quemarla? Si perdía el control allí los niños podrían salir lastimados. Retiró las manos rápidamente del cuello de Amy sorprendida de sí misma. Miró a los estudiantes nuevamente y ante las miradas de pánico de los niños decidió salir de allí sin mirar atrás. Amy, que había caído al suelo cuando su hermana la soltó, fue abarrotada por todo los estudiantes hablando a la vez.

—Sensei ¿Se encuentra bien?

—¿Viste sus manos?

—Tiene que ser un x-men.

—Pudo matar a la sensei.

—Hay que llamar a la policía.

Al escuchar la palabra "policía", Amy hizo un gesto de "alto" con las manos y todo quedó en silencio y sin movimiento, detenido en el tiempo. Se levantó y suspiró pensando. «Sabrina... Tenemos que hablar, cuando no estés por salir de control». Luego hizo aparecer su espada de cristal y la enteró en el suelo haciendo que saliera humo blanco de ella. Al desaparecer la espada, todo volvió como era antes. Todo los chicos estaban formados y esperando las instrucciones de Amy para comenzar la clase.

Mathew se dirigía a la casa de Sabrina.

—Tengo que hablar con ella, debe estar confundida por todo lo que ha pasado.

Se topó con ella en su camino. Su expresión era de angustia y se agarraba el estómago como si sintiera dolor. Cuando levantó la vista y vio a Mathew su expresión cambió a una enfurecida.

—¿Te encuentras bien? —preguntó Mathew.

—¿Ahora te preocupas por mí?

—Sabrina...

—Ven, sígueme. Tú y yo tenemos que hablar.

Body sentía un desespero en su interior, náuseas y un sudar frío. «¡Sabrina!» pensó alarmado. Se levantó de su silla interrumpiendo al profesor de cálculos y desapareció por la puerta. Cuando salió corriendo de la universidad dejó que sus instintos lo guiaran y encontró a Sabrina exactamente en el parque de niños que la había visto anteriormente pero no estaba sola. Cuando se fue acercando vio que Mathew estaba con ella y rápido retrocedió ocultándose «¿Qué le está pasando? ¿Por qué siente que se ahoga?» Body empezó a retirarse cuando escuchó a Sabrina gritarle a Mathew.

—¿Cuánto tiempo?

—Sabrina deja que te explique.

—¿CUANTO TIEMPO MATHEW? es una simple pregunta contéstame —gritó visiblemente molesta.

—Solo unos días. Dos semanas como mucho.

—Se supone que eres mi mejor amigo, los compinches, Batman y Robin, ¡BATMAN Y ROBIN! —gritó nuevamente.

Body al escucharlos discutir prefirió retirarse sintiendo un poco de alivio al saber que Sabrina se encontraba bien. Discutía con ese tödlich a todo pulmón. No le molestaría que en un arranque de poder lo lanzara a unas cuantas cuadras.

—Tranquilízate Batman. Solo deja que te explique –suplicó Mathew al verla tan alterada que podría perder el control.

—Y… después besé a… tu primo —masculló—, ¿Y no me dices nada?… ahhhh –gritó despeinándose el cabello—. ¿No sabes lo avergonzada que me siento ahora?, ¿Cómo rayos lo voy a ver? —volvió a gritar caminando de lado a lado haciendo gestos con sus manos.

—¡Sabrina Tanner! Tranquilízate y escucha —dijo Mathew alzando la voz autoritariamente.

Sabrina quedó congelada ante el grito de su mejor amigo. Nunca le había levantado la voz de esa manera. Siempre era ella la gritona en su relación. Quedó sentada en un banco de la impresión.

—Todo se resolverá pronto. Pero creo que deberías hablar con Amy primero —explicó Mathew.

—Pero…

—¡No! —Mathew levantó una mano silenciando a Sabrina—. Deberías hablar con ella primero. Amy te explicará mejor. Así que en vez de hacer berrinches permítenos explicarte todo.

—¿Berrinche? ¿Te parece poco lo que he pasado y te atreves a decir que son BERRINCHES? —sintió fuego en su interior. Estaba muy enojada y comenzó a respirar hondo para no perder el control contra él—. Primero que nada, me mentiste. Me mintieron, ambos, las personas en quien más confiaba en esta miserable vida. No tienes derecho a pedir que me calme, no soy una niña a la que tienes que sobre proteger. ¡No soy tu hermanita! Esta es la última vez que me ocultas cosas importantes como estas. O dejaré de ser tu amiga para siempre.

—De acuerdo —dijo cabizbajo—. Lo tomaré como una advertencia.

Las palabras de Sabrina habían dado directo a su corazón. Era como la herida de una bala. En verdad se sentía herida por su culpa y ella tenía razón. Toda su vida se habían protegido las espaldas mutuamente y el haberle ocultado la verdad fue una traición.

—Tómalo como desees. Nos vemos luego —vociferó Sabrina colocándose sus gafas ocultando sus ojos púrpura y retirándose del parque dirigiéndose a su casa. Frente a él no había necesidad de ocultar sus ojos. Ella quería que Mathew se diera cuenta que en verdad estaba enojada.

Al llegar a la casa se encontró con Amy que la esperaba en la puerta con los brazos cruzados sobre su pecho.

—¿Estás calmada? —preguntó la hermana mayor.

Sabrina no le contestó. Simplemente suspiró mirando a otra dirección asintiendo con la cabeza con sus manos en los bolsillos de su mahón.

—Entonces sígueme.

—¿Hacia dónde vamos? —dijo sin muchas ganas pues solo quería encerrarse en su cuarto nuevamente.

—Necesitas respuestas. Vamos donde nadie nos pueda interrumpir.

—Si me enojo podría matarte aunque no quisiera, ya sabes lo que puedo hacer. Sabes que soy un monstruo sin control —dijo aun sin mirar a Amy.

—Si hubieses querido matarme lo hubieses hecho en la escuela cuando fuiste a buscarme.

—Dije aunque no quiera...

—No eres un monstruo... sígueme.

Amy llevó a Sabrina hasta el bosque de Tallulah Falls. En aquél mismo lugar donde había enfrentado al sieger.

—¿Reconoces algo de aquí?

—¿Debería?

—Posiblemente no, porque ya habías perdido el conocimiento cuando el sieger te trajo.

—¿Sieger?

—Body.

Amy le señaló una roca enorme para que se sentara. Sabrina se sentó y Amy comenzó a caminar de un lado a otro.

—Si me trajiste para verte bailar... —dijo Sabrina sarcásticamente.

—Aún tienes sentido del humor... eso es bueno.

—Solo trato de no enojarme —puso sus ojos en blanco con expresión de fastidio.

—Desde pequeña sabes sobre tu condición de la vista...

—Es algo más que una condición o un poltergeist, es un poder muy fuerte.

—Es el poder del Fénix.

—¿El Fénix? ¡¿El pájaro de fuego que renace de sus cenizas?!

—Es así aquí, en este mundo, pero no en el nuestro.

—Wojojojojo Espera, insinúas...no, estás diciendo que... ¡¿nuestro mundo?!

—Égoreo.

—¿Qué? —reaccionó sorprendida.

—Vamos, esto es algo que nos concierne a todos.

—¿Todos?¿Mathew y Body también?

—Sí

EN BUSCA DEL PORTAL

"*E*l mundo de Égoreo, un mundo más allá de tus conocimientos de clases de ciencia. Una fina capa espacio tiempo o portal dimensional nos une. Un mundo regido por la magia y lo que ustedes conocen como fantasía. Todo lo que los humanos han llamado leyendas, misterios, magia, proviene de nuestro mundo. Cuatro elementos, cuatro clanes, cinco fuerzas; Aire, fuego, tierra, agua y alma rigen Égoreo. Como el todo de un cuerpo cuya materia es regida por el espíritu y como todo cuerpo si se enferma una parte, todo el cuerpo lo siente. Como un cuerpo donde cada órgano tiene un fin específico pero si uno no hace su trabajo afecta a los otros, eso es Égoreo". Amy hablaba en la sala de la casa de Mathew Summers donde se encontraban. Body estaba recostado de la pared, mientras Mathew estaba sentado en el sofá. Sabrina estaba en una silla y Amy estaba frente a ellos de pie. Sabrina estaba boquiabierta como si estuviese en un trance oyendo la explicación de Amy de lo que es Égoreo. Se preguntaba a sí misma si oía a su hermana o a Morgan Freeman narrando un documental de National Geografic.

—En otras palabras, Égoreo es un todo. Un mundo y cada clan parte indispensable de éste —dijo Body.

—Y… ¿Qué tiene que ver la Tierra? —preguntó Sabrina.

—La Tierra es como un mundo gemelo, no idéntico pero fraterno, creado por el mismo Creador. Lo que pasa a uno lo siente el otro, aunque no se parezcan físicamente —dijo Mathew—. Todo está en los escritos de mi abuelo —continuó al ver que Body y Amy lo miraban profundamente.

—Por eso el Fénix viaja cada quinientos años a la Tierra. Parte de su misión es llevar conocimiento y sabiduría. Aunque El Creador ha encontrado varias maneras de hacerlo durante los tiempos. Sin embargo este ciclo fue uno interrumpido —dijo Amy.

—Mi abuelo vio al Fénix cuando era apenas un niño. Había llegado antes de cumplirse los quinientos años, pues agonizaba...

—¿El Fénix?... recuerdo que los "orcos" me llamaron Fénix... entonces... —decía Sabrina tratando de entender.

—El penúltimo Fénix fue tu padre —dijo Body

—Tú. Eres el último Sabrina —dijo Amy

—¿Cómo rayos voy a impartir sabiduría si... —decía Sabrina levantándose de la silla.

—Debemos prepararte —dijo Body—. Todos, vinimos a prepararte.

Sabrina miraba a todos y se fijó en Mathew.

—¿Tú también? —preguntó.

—Resultó así, todos somos tus guardianes —dijo Mathew.

Sabrina comenzó a reír sin parar santandose de golpe mientras todos la miraban seriamente.

—¡¿Esto es en serio, no están bromeando?! ¿Soy un pájaro? ¿Y tú que eres, un Pegaso? —pregunto con sarcasmo en dirección a Body.

—No estamos bromeando. Ya recordaste lo que sucedió cuando nos atacaron. Poco a poco los recuerdos seguirán llegando. Yo en lo personal quería prepararte desde que eras una niña pero al morir la otra shützend... —dijo Amy.

—¿Shützend?... ¿te refieres... a la tía Sarah? —dijo poniéndose de pie. Tocando su cabeza tratando de entender.

—Sí.

—Ok, ok aguarda un momento. ¿Tú eres una shüt... lo que sea, también?

—Sí.

—Si soy quien dices que soy, el Fénix... somos hermanas tú... eres la may...

—No somos hermanas —interrumpió Amy seriamente.

Sabrina perdió la fuerza en sus piernas y Mathew la tomó de los hombros sentándola en la silla nuevamente. Body le ofreció un vaso de agua.

—Sarah fue como nuestra madre —suspiró llena de nostalgia intentando con todas sus fuerzas no llorar—. Tú, no eres mi...hermana.

—Es cierto. Nos enviaron aquí con la misión de ocultarte. Sarah al querer protegernos se llevó todo mis recuerdos. Así es que vivimos como humanos todo este tiempo —tomó un respiro y su voz tomó un matiz de ternura—. No compartiremos la misma sangre, pero mis sentimientos de hermana son sinceros y nunca cambiarán. Ahora ya es demasiado tarde para prepararte como debería ser. Tenemos que apresurarnos y encontrar el portal.

—Sabrina, sé que es mucho para digerir pero te necesitamos. Eres la única salvación para Égoreo —dijo Body mirándola a los ojos y en cuestión de segundos vio un brillo en sus ojos que lo hicieron voltear la mirada hacia otro lado.

—¡Ok! —dijo Sabrina levantándose y comenzando a caminar. Mathew se levantó para ayudarla pero ella lo detuvo con sus manos—. Si no puedo vencer entonces me les uno. Vamos a ver hasta dónde irá el juego de ustedes.

—Sabrina no es un juego. La vida de muchas personas depende de nosotros —dijo Amy.

—Ok está bien. Vamos por el portal.

Amy, Mathew y Body se miraron y siguieron a Sabrina. Mathew la agarró del brazo y la detuvo.

—¿A dónde vas?

—No dijeron que hay que buscar un portal —dijo Sabrina retirando la mano de Mathew de su brazo.

—Sí. Pero Sabrina, no es así de fácil... ¿Podemos hablar? — Mathew miró hacia Body y Amy—. A solas.

—Mathew no tenemos nada de qué hablar. Soy yo quien necesita tiempo... a solas.

Sabrina se retiró dejando a Mathew perplejo cuando salió por la puerta principal de la casa.

—Deja que se relaje no podemos presionarla mucho aunque el tiempo esté en nuestra contra —dijo Amy acercándose a Mathew.

—Creo que salió bien. Al menos no nos incineró —dijo Body tomando una silla y sentándose con su espaldar hacia el frente recostando sus brazos cruzados en él.

—¿Cómo haremos para encontrar lo necesario y abrir el portal?

—Mathew se sentó en el mueble mirando Body.

—Seguiremos leyendo los escritos de tu abuelo. Espero que Amy encuentre algo y podamos irnos pronto.

—¿Por qué tanta prisa acaso no te gusta la Tierra? —preguntó Mathew en un tono sarcástico.

—En lo personal no. Sigo envejeciendo. Si no volvemos pronto seré un anciano cuando vuelva.

Mathew comenzó a reír y se levantó del sofá.

—De acuerdo anciano veré qué podemos hacer. Buscaré los escritos.

—Estoy hablando en serio —dijo Body indignado mirando a Amy quien se encogió de hombros.

Cuando Mathew abrió la puerta del cuarto de Aoshi donde se encontraban los escritos, vio a Sabrina recostada en la cama leyéndolos.

—¿Cómo...tú...

—Dejaste la ventana abierta. Soy buena trepando. Siempre te vencía en gimnasia.

—¿Qué haces? pensé que...

—Tratando de hacerle sentido al juego de ustedes. Además, ¿Querías hablar conmigo o no?

—¿Sabes? Sería estupendo si me dejaras terminar aunque sea una oración.

—Acabas de hacerlo.

—¿Por qué estás así conmigo?

—¿Así cómo?

—Indiferente.

—Porque aún estoy enojada contigo Mat —respondió Sabrina sentándose en la cama—. Aun cuando hubieras "despertado", o lo que sea, debiste habérmelo dicho. Ya comenzaba a creer en eso del poltergeist.

—Perdóname —dijo Mathew sentándose a su lado—. Cuando me puse el collar, fue como si hubiera despertado de un largo sueño con una misión muy importante para la cual no estaba preparado.

—Así me siento ahora. Me siento perdida, no entiendo nada. Y es peor ahora que sé que Amy no es mi hermana. ¿Cómo crees que me siento?

—Imagino que lo mismo habría sentido ella cuando despertó.

Sabrina se quedó pensativa. Todo este tiempo estaba irritada, molesta por lo que le estaba pasando, pero nunca se puso en los zapatos de los demás. Amy también había perdido a su hermanita cuando despertó de su sueño y más que eso tenía una misión muy difícil sobre sus hombros.

—Entonces me entiendes cuando te digo que necesitaba estar preparado. Al menos para defenderte, como un humano —dijo Mathew.

Hubo un breve silencio. Sabrina miró a Mathew a los ojos.

—Entonces… no es un sueño, ni un juego. Todo es cierto.

—Me temo que sí. Y esto es solo la punta de un iceberg que está sumergido.

—Me siento como el Titanic, a punto de colisión.

Ambos miraban al piso sin hablar, chocando sus pies uno con el otro. Mathew le extendió la mano a Sabrina.

—¿Me perdonas Batman?

Sabrina sonrió luego de unos segundos y le chocó la mano.

—Aunque todavía me resisto a creerlo; tenemos un mundo que salvar Robin, manos a la obra.

Amy y Body estaban esperando por Mathew en la estancia cuando por las escaleras lo vieron acompañado de Sabrina bajando todo los escritos del abuelo.

—Entre sus conocimientos y lo que está aquí escrito podremos al menos tener una idea a lo que nos enfrentamos —dijo Mathew colocando los libros sobre la mesa.

—¿Cómo es que bajas de allí si te vimos salir por la puerta principal? —preguntó Body a Sabrina.

—Ventana —contestaron Mathew y Sabrina a la vez encogiéndose de hombros.

—¡Olvídalo!... Entonces manos a la obra —dijo Body sentándose en suelo y tomando uno de los libros del abuelo.

Sabrina colocó otros libros más. Body la miró quejándose en silencio y ella encogió los hombros.

—¿Por qué siento que hay más que la vez pasada? —preguntó mirando por encima de los libros.

—Busqué libros de referencia que el abuelo había escrito y sé que podrían ser útiles. Además busqué en la biblioteca libros que tuvieran que ver con la leyenda del Fénix, mundos paralelos y portales dimensionales —contestó Mathew colocando otra columna de libros a su lado.

Las horas continuaron pasando y los padres de Mathew habían llegado. Le servían refrigerios mientras seguían leyendo. La madre de Mathew hablaba por teléfono con Clara, la tía adoptiva de Sabrina y Amy.

—Sí Clara, parece que están haciendo un trabajo de investigación en grupo. Creo que pasarán aquí la noche.

—Sé que son adultos, pero no puedo evitar preocuparme por ellas.

—No te preocupes, están en buenas manos. Que descansen.

Clara terminaba la llamada y preocupada le dijo a su esposo.

—Siento que pronto perderemos a nuestras niñas.

—No son niñas Clara. Sabíamos que un día sucedería. ¿Recuerdas lo que dijo Sarah? —el señor Stevenson abrazaba a su esposa en forma de consuelo.

—Sí, pero no creí que fuera a pasar tan pronto —respondió Clara terminando de limpiar la cocina de la cafetería.

—Al menos cumplimos con nuestra parte.

—Y cumplimos con el último deseo de Sarah. Ahora podrá descansar en paz.

La columna de libros que quedaban sin leer estaba bajando lentamente. Sabrina se levantó leyendo en voz alta algo que encontró en uno de ellos.

—Oigan esto. Aquí dice que para abrir un portal al menos debe haber siete líneas ley de energía que converjan. Dice que en la antigüedad estas líneas convergían en santuarios, templos y catedrales.

—Los antiguos conocían bien que las líneas de luz acarrean una gran cantidad de energía geomagnética indispensable para abrir el portal —dijo Amy cerrando un libro.

—Hace más de un año el sabio me envió por un portal en otra ciudad, pero está lejos de aquí —dijo Body recostándose en el sofá.

—Aquí había una catedral antigua pero la demolieron hace dos años para construir un edificio —Mathew bajó los pies de Body del sofá y se sentó a su lado.

—Podríamos ir allí —dijo Sabrina bostezando.

—Pero falta algo —dijo Amy señalando el collar de Mathew.

—Ah sí —dijo Mathew levantándose—. Parte de esa energía debe ser canalizada por símbolos terrestres y símbolos de Égoreo.

—Yo tengo el ópalo negro que me entregó el sabio y Mathew tiene el ojo de tigre —dijo Body.

—Yo tengo el lapislázuli —dijo Amy mostrando un collar que ocultaba bajo su camisa.

—Yo tengo la labradorita que me dio Mathew —mostró Sabrina.

—Pero para completar el círculo de Égoreo hace falta cinco energías. Sarah tenía la quinta piedra, pero luego del accidente perdí mis recuerdos. Por alguna razón no puedo recordar lo qué pasó con su piedra —Amy se agarraba la cabeza con sus manos y Mathew se acercó para bajarlas con delicadeza.

—No trates de obligarte, recuerda que cada vez que lo intentas comienzas a sangrar.

—¿Qué, cómo que sangrar? —reaccionó Sabrina ante lo dicho por su amigo.

—No te preocupes, es sólo que estoy luchando contra la magia de una superior y romper la barrera tiene sus consecuencias —

Amy puso las manos en los hombros de Sabrina para calmarla—. Sigamos leyendo, si encontramos los centros energéticos de Tallulah Falls podremos intentar abrir el portal.

Las horas continuaron pasando hasta que todos quedaron vencidos por el sueño, excepto Body que continuaba leyendo. Mathew dormía profundamente en el sofá sentado al lado de él abrazando un libro. Amy se había quedado dormida en una silla y Sabrina estaba en el suelo al lado de Body. Nuevamente las pesadillas comenzaron y movió su cabeza en desespero hasta que se topó con la pierna de él despertando agitada y sudorosa.

—¿Estás bien? ¿Desde cuándo tienes pesadillas? —preguntó Body preocupado.

—Desde hace unos meses. Últimamente son más seguidas y más tenebrosas —expresó Sabrina tocando su nuca y echando su cabeza hacia atrás.

—¿Qué sucede en ellas?

—Estoy en medio de una guerra donde hay dragones y ángeles. Solo sé que hay mucho dolor y muerte. Hay una gran oscuridad que me persigue, pero lo peor de todo es que siempre me capturan. Cuando logro despertar siento una gran presión en mi cabeza.

Body abrió los ojos atónitos y empezó a sacudir a Mathew, luego a Amy despertándolos.

—Tenemos que irnos. Ya no es seguro estar aquí la están rastreando en sueños.

—¿Pueden hacer eso? —preguntó Mathew estrujando los ojos.

—En el caso de Sabrina que está despertando su poder, puede ser. Los sueños también se consideran portales astrales. Su subconsciente está luchando contra los que quieren entrar en su mente. Por eso los dolores fuertes de cabeza —explicó Body comenzando a recoger varias cosas.

—Tendremos que protegerla de la magia oscura —aseguró Amy ya levantada.

—¿Magia oscura? —Mathew estaba algo confundido. Estaba entrenando para protegerla pero él no sabía nada de magia.

—¡Ya sé a lo que te refieres! —exclamó Body sonriendo a Amy.

Mathew y Sabrina se miraban confundidos y preguntaron a la vez

—¿A qué se refieren?

—Tenemos que recoger unas cosas en la casa —Amy se levantó de la silla y caminó a la puerta.

—¿Nos vamos a ir ahora? ¿Qué les diremos a los tíos?

—Le diremos lo necesario. Mathew, Body los veremos en la cafetería en una hora. No podemos retrasarnos más.

—De acuerdo las veremos allí —respondió Body subiendo las escaleras.

Sabrina y Amy llegaron a la casa. Cuando abrieron la puerta sus tíos ya las estaban esperando con una caja en frente de ellos.

—Sabían que nos quedaríamos en casa de Mathew. Estábamos haciendo un trabajo, ¿Por qué se quedaron despiertos? —preguntó Amy con sorpresa en su mirada.

—Sabíamos que este momento llegaría. Por favor siéntense, tenemos que hablar —respondió Clara señalando las sillas del comedor.

Amy y Sabrina se sentaron sin sospechar lo que sus tíos le dirían.

—Esto era de Sarah —Clara comenzó a sacar un saco de terciopelo color rojo colocándolo frente a ellas.

Amy volteó el saco y de él salió un collar con una piedra preciosa color rojo, un ágata de fuego. Amy al verla se sorprendió y miró a Sabrina. Volvió la vista a sus tíos preguntándole.

—¿Qué tanto saben de nuestra historia?

—Sarah se convirtió en mi mejor amiga, era como una hermana. Hablábamos de todo, absolutamente de todo.

—Sarah nos había preparado para este momento —prosiguió el Sr. Stevenson—. No tenemos todos los detalles pero sabemos que son unos seres especiales con una misión importante.

—Cuando recibimos la llamada del accidente jamás pensé que lo que ella me advertía fuera a suceder en realidad.

Clara recordó vívidamente como su mejor amiga le narraba lo que podría acontecer para prepararla.

—Sabes que Sabrina es…especial —dijo Sarah a la Clara de hace quince años atrás.

—He visto lo que puede hacer…es ¿Clarividente?...

—De dónde venimos…

—Sí ya me dijiste, aunque parece cuento de ciencia ficción, te creo.

—Llegará el momento que nos encontrarán. Algún día tendré que usar todas mis fuerzas para protegerlas. Cuando ese día llegue guarda mi collar. No les digas nada de lo que te he revelado, a ninguna de las dos. Hasta que llegue el momento destinado para su regreso, quiero que tengan una vida normal. No quiero que vivan con los temores que he vivido desde que llegué a la Tierra.

—Tienes poderes, puedes usarlos para engañarlos.

—Ellos también son fuertes Clara. Sé madre para ellas como lo he intentado ser yo. Las amo aunque no sean mi sangre.

Clara despertó de su recuerdo al oír a su esposo hablar.

—Al principio no creí nada hasta que vi tus ojos Sabrina. Sarah dio la vida por ustedes y nosotros la daríamos también. Son nuestras hijas.

Sabrina y Amy tenían sus ojos cubiertos de lágrimas ante la inminente separación de quienes habían sido su familia durante quince años.

—Sabemos que tienen que marcharse. Intentamos prepararnos para este momento, aunque pensé que sería más tarde. Trataba de convencerme de eso… ahora que sé que llegó ese momento, les entrego el collar de Sarah y una carta que me dio ese día que hablamos. Solo les pido que no se olviden de nosotros.

Sabrina se levantó presurosa de la silla y abrazó fuertemente a la pareja que las cuidó y les brindó el amor y la seguridad de una familia. Amy se levantó lentamente y se acercó. El Sr. Stevenson la haló y la familia se fundió en un abrazo. En ese momento Body y Mathew llegaron y Mathew al ver la escena se unió a la familia en el abrazo.

La luna llena alumbraba en lo alto del cielo. En el bosque de Tallulah Falls se oía el cantar de los grillos y a lo lejos una cascada que acompañaba la fresca brisa que se sentía.

—¿A dónde vamos? —dijo Sabrina tropezando con unas rocas.

Se sujetó de alguien por instinto cuando tropezó. Una leve electricidad en su mano al roce de la piel la hizo soltar esa mano rápidamente. Levantó la vista para ver a Body a su lado. El joven había sentido el chispazo de corriente al sujetarla, pero se mantuvo sereno, como debía ser un soldado. Eso es lo que era, un soldado, nada más. Fantasear con el sentimiento de electricidad al rozar la piel de esa chica no le era permitido.

—A las cascadas —respondió Amy a la pregunta de su hermana.

—¿Por qué? —continuó inquiriendo Sabrina.

—Las líneas ley o líneas de energía son campos magnéticos que van unidas a corrientes subterráneas o ríos. El agua es un conductor de energía, es por eso que vamos a la cascada —dijo Amy respondiéndole.

—Aquí no hay campos magnéticos hechos por humanos que puedan interferir —dijo Body.

—Sí, ya veo aquí no hay señal —dijo Mathew moviendo su celular en todas direcciones.

—Eso es porque tienes una pésima compañía.

—Llegamos —dijo Amy interrumpiendo a Mathew y Sabrina.

La impresionante vista de las cascadas era majestuosa. Bajo ellas se encontraba el río caudaloso. Amy se adentró en el agua y les hizo señas a los demás que la siguieran.

—Vamos no tenemos mucho tiempo.

—¡Uf esta fría! —dijo Sabrina al adentrarse y llegar a lado de su hermana.

—Qué bueno que traje cortos —dijo Mathew el entrar al agua.

Body se detuvo en la orilla y comenzó a encender unos inciensos mientras Sabrina lo miraba confundida.

—Son para purificación —explicó Body mientras los encendía.

—Ya comenzaba a pensar que se te pegó lo de Samantha —mencionó Sabrina y Mathew comenzó a reír.

—¡Ya! concéntrense esto tiene que hacerse con seriedad. La carta de Sarah nos ha evitado perder más tiempo —interrumpió Amy mirando a Sabrina con severidad.

Ambas hermanas recordaron cuando sus tíos les entregaron la carta con el collar de ágata de fuego.

Queridas compañeras de viaje:

Sé que tengo mucho que explicar. Espero perdonen mi decisión, fuera de lo ordenando, de querer que tuvieran una niñez y juventud normal. El peso de nuestra misión ya era demasiado estresante. Ustedes a quienes he amado como si fueran mis hijas, Sabrina, el último Fénix, Amy mi compañera shützend. Las amé como si hubieran salido de mí. Perdonen haber tomado esa decisión quizá tan egoísta. Si están leyendo esto es porque no pude completar mi misión y tomé la decisión de borrar de su memoria todo esto que las ha expuesto a Ellos. Tus poderes han despertado Sabrina, Amy, lo más seguro tu memoria ha regresado, quizá ya el peligro ha vuelto. Perdonen el no poder estar con ustedes en este momento para llevarlas al portal. Pero no las dejaré sin ayuda. Busquen fuentes de líneas ley, energía terrestre que en unión a sus collares les hará abrir el último legado de Nathaniel. Otro shützend ya las habrá contactado. Junto a él o ella, y el guardián de la Tierra deberán abrir el portal. No se preocupen en encontrarlo, él llegará a ustedes, aunque creo que ya Sabrina lo encontró. Junto a esta carta está las instrucciones de cómo abrir el portal. Las amo.

Sarah

Amy despertó del recuerdo y le preguntó a Body.

—¿Ya está todo listo?.

—Sí. Sabrina colócate en el centro. Se supone que estuviéramos los cuatro elementos en dirección a los cuatro puntos cardinales. Pero al no estar Sarah, tendremos que dejar el collar de ella aquí — Body colocó el collar de Sarah en una rama flotando en dirección

Oeste—. Mathew colócate en el Sur y deja tu collar fuera de tu camisa, Amy estarás en el Norte y yo en el Este.

—Sabrina no tengas temor esto es como un bautizo. Solo que en una forma diferente —dijo Amy observando la cara de preocupación en Sabrina.

—Está bien. ¿Están seguros que esto funcionara sin Sarah? —preguntó Sabrina.

—No. Pero es lo único que podemos hacer ahora —respondió Body repartiendo el incienso a Amy y poniendo uno en la rama junto al collar de Sarah.

—No me gusta como huele esto —dijo Mathew cuando Body le acercó uno.

—¿Amy sabes que tienes que decir? —preguntó Body.

—Sí. Sarah nos dejó una carta con todo lo que teníamos que decir y hacer. Ahora Sabrina relaja tu cuerpo y no pienses en nada. Inhala y exhala. Mathew, Body relajen sus mentes y repitan conmigo.

"Creador del universo escucha a Tus hijos de la tierra, aire, agua y fuego. Eres nuestro norte, sur, este y oeste. Pedimos protección para la elegida y abrir el portal que nos conducirá a nuestro destino".

Amy, Mathew y Body comenzaron a decir las palabras del ritual. Una y otra vez las repitieron hasta que los collares de todos, uno a uno comenzaron a iluminarse y pulsar. Sabrina continuaba con los ojos cerrados pero sentía su cuerpo elevarse en temperatura y estaba segura que estaría brillando. De pronto comenzó a sentir un apretón en su pecho que la dejaba sin aire. Todo empezó a dar vueltas y al agua del río comenzó a elevarse envolviéndolos a todos en ella. Sobre ellos se abrió un círculo que mostraba otro mundo. El portal se había materializado.

—¡Es el portal! debemos cruzar—gritó Body por encima del sonido que emitía el torbellino de agua.

La duda comenzó a invadir a Sabrina. Tan pronto cruzara ese portal estaría enfrentando ese mundo desconocido. Dejaría atrás la seguridad de lo que conocía y le era cotidiano. Ya no volvería a ver a sus amados tíos. Body observó la duda en su rostro y la vio dar un leve paso hacia atrás. Se acercó a ella agarrándola por la cintura y con el jalón, las gafas que llevaba como diadema cayeron al suelo. "Mis gafas..." Sabrina lo miró sorprendida mientras él le gritó "Ya no las necesitas. No puedes retroceder ahora. Debes cumplir tu destino". Body dio un salto agarrando a Sabrina y ambos cruzaron el portal. Amy se acercó a Mathew tomando el collar de Sarah en su mano. Su rostro denotaba el cansancio por la energía consumida.

—Hasta aquí es tu misión Mathew. Sigue con la leyenda a tus descendientes, tal vez nos veamos en el futuro.

—¿Qué?, ni siquiera pude despedirme propiamente –no podía creer lo que Amy le informaba. ¿No volvería a ver a Sabrina? Ni siquiera pudo darle un abrazo de despedida. ¿Eso era todo? ¿Tanto entrenar y leer para solo llegar aquí?

—Cuando el Fénix esté preparado, podrá regresar y entonces podrán despedirse propiamente.

Amy se notaba muy cansada y su nariz comenzó a sangrar. Se acercó visiblemente extenuada, pero sonriendo, colocó su mano en el rostro de Mathew.

—Gracias por demostrarme ese sentimiento del cual no me era permitido por mi destino.

Sin ser previsto Amy le dio un dulce beso a Mathew quien estaba sorprendido por todo lo que estaba ocurriendo. Cuando cerró sus ojos sintió el cuerpo de Amy que se desplomó sobre él. La tomó en sus brazos y oyó la voz de Body a través del portal. "¡Amy, ¿Qué esperas?!". Mathew dio un salto entrando con ella en brazos y el portal se cerró.

Una neblina espesa los rodeaba en ese nuevo mundo al que llegaron. Al ir disipándose dejó ver que estaban en el claro de un bosque. Sabrina y Body se encontraban rodeados de pinos cuando una luz destelló tras ellos y vieron a Mathew entrar con Amy en los brazos.

—¿Qué le pasó? —gritó Sabrina corriendo hacia ellos. Mathew colocó a Amy en el suelo de una forma delicada.

—La energía del ritual consumió todas sus fuerzas —contestó.

—¿Cómo es que tú traspasaste el portal? Se supone que te quedaras en la Tierra —Body estaba confundido.

Sabrina que estaba al lado de su hermana se levantó molesta cuando escuchó a Body y se acercó a él enfrentándolo.

—¿Cómo es que "se supone" que Mathew se quedara?

—Es un mortal —dijo Body levantando la voz.

—Tú también lo eres —dijo Mathew interrumpiéndolo—. Podrás ser un ángel, pero eres tan mortal como yo. Aun el Fénix deja de existir para dar paso a otro. Así que sea ahora o dentro de cuatrocientos años, tú eres un mortal igual que yo.

—¿Tú sabías eso? —preguntó Sabrina a Mathew quien contestó negativamente con su cabeza.

—Ya no importa, entraste —Body se notaba fastidiado por la presencia del tödlich.

—Digamos entonces que tomé el lugar de Sarah —dijo Mathew.

Amy comenzó a despertar y todos se acercaron a ella.

—¿Estás bien? —preguntó Sabrina ayudándola a levantar.

—Sí, solo que me quedé sin energías cuando se abrió el portal.

—Eso dijo Mathew —dijo Sabrina dirigiendo su mirada a Mathew.

Amy levantó la vista y vio a Mathew frente a ella. Volvió a caer sentada de la impresión. No esperaba verlo en ese mundo, por eso se había despedido de él. Sintió su corazón acelerarse y sus mejillas arder de un sentimiento que no había sentido antes, vergüenza. Sus ojos se habían conectado por ese segundo y recordaron esa leve despedida en la Tierra. Ambos estaban avergonzados y desviaron la vista el uno de otro.

—¿Cómo es que cruzaste? —dijo mirando al suelo.

—No lo sé, tal vez fue por ti —contestó Mathew en un tono suave.

Amy levantó la vista sorprendida.

—Te trajo cargando, si no hubiera sido por él te hubieras quedado atrapada —explicó Sabrina.

Justo en ese momento se escucharon pasos. Amy y Body se

transformaron. Ahora vestían sus uniformes de guardianes. Las Alas de Body se desplegaron protegiendo a Sabrina y a Mathew. La neblina fue disipándose por completo hasta que dos siluetas se allegaron hasta ellos. Eran un hombre y una mujer. El hombre era de apariencia mayor con una túnica azul oscuro y de barba corta color plateado. Al quitarse la capucha que llevaba mostró su rostro completamente. Su cabello llevaba un recorte pegado, sus ojos eran de un profundo color azul y su mirada paternal se mostró cuando vio a su hija después de mucho tiempo. Amy bajó su espada y corrió hasta aquel mago. "¡Padre!", gritó dándole un fuerte abrazo.

—¡Hija!, qué alegría verte con vida —dijo Caleb.

Body puso su mano en el pecho y dio una leve reverencia.

—¿Es tu padre? —dijo Sabrina acercándose.

—Sí —contestó Amy.

La mujer que acompañaba a Caleb se acercó. Era una dama hermosa, con ojos color miel y cabello rojizo. Llevaba puesto un traje de época medieval verde, de mangas largas y un cinturón ancho de cuero con una falda larga. Llevaba su cabello trenzado envuelto a su cabeza. La mujer sonreía con sus ojos llenos de lágrimas.

—¿Y ella es tu madre? —preguntó Sabrina.

—No Sabrina. Ella es Rubí, tu madre.

Aquel encuentro la había dejado perpleja. En ningún momento le habían advertido que su madre estaba con vida. Siempre creyó que había muerto cuando ella era bebé y por eso Sarah la había cuidado. Nunca hubo una foto de ella, un dibujo, una postal, nada. Y por lo que veía frente a sus ojos, no hallaba algún parecido con esa mujer a la que le estaban presentando. No podía dejar de ver esa dama frente a ella, pero tampoco podía dejar de pensar que Sarah y Clara eran las mujeres que conoció con ese nombre, madre.

7

REVELACIONES

" *H* ay mucho que enseñarte en tan poco tiempo Fénix, pero empezaré por lo primero. Hay siete leyes que rigen el multiverso, algunas son mutables pero otras no". Decía Caleb, del clan de los sabios a Sabrina. Todos se encontraban en medio de un claro rodeado de piedras, como si fuera un parque ceremonial antiguo. Sabrina y Mathew reconocían formaciones así, pues les enseñaron en su escuela primaria historias de las tribus del mundo. En América, Sur América y países celtas se encontraban este tipo de parques ceremoniales. Caleb continuó su clase.

—La primera ley es la ley del mentalismo. El todo es parte de nuestra mente y nuestra mente es parte del todo. Hay una sola consciencia universal. Tu realidad es una manifestación de tu mente.

—¿Qué?, yo no he tomado clases de filosofía para entenderlo de la primera —reprochó Sabrina.

—Significa que eres lo que piensas y piensas según eres. Tú eres creador de tu realidad, o algo así —dijo Mathew que estaba en una esquina.

—No debes interferir en su entrenamiento humano —Body miró seriamente a Mathew que estaba a su lado con los brazos cruzados sobre el pecho.

Mathew le devolvió la mirada con recelo. Hace un mes atrás era su primo de Alemania y ahora era un completo extraño extraterrestre que solo se refería a su persona como "Humano".

—Puedes verlo de la manera que dijo el joven —dijo Caleb.

Mathew le dio un codazo a Body abriéndole los ojos en sentido de "Viste, tenía razón".

—La segunda ley —continuó Caleb—, nos dice que todo es una unidad, todos estamos conectados. Somos un todo y formamos parte del todo, lo que nos lleva a la tercera ley. Tal como las partículas vibran y todo está formado por ellas, todo en el universo vibra. A diferentes frecuencias pero todos vibramos. Conocerás cómo distinguir esas vibraciones pues unas vibrarán alto y positivamente, otras vibran bajo, negativamente. Ahí conocerás quien es controlado por el Creador o es controlado por el Caos.

—Ahhh —Sabrina tenía una expresión perdida en su rostro—. Creo que voy entendiendo... No, ¿Puede repetirlo por favor?

Amy se acercó diciéndole en voz baja "Te explicaré luego", al ver la expresión de Caleb quien alzó una ceja ante la pregunta de Sabrina.

—La cuarta es la ley de la polaridad, todo tiene sus lados opuestos. Hay dos lados para todo. Lo que ves como contrario solo son opuestos de la misma cosa. Ten por ejemplo, amor y el odio, el miedo o el valor. Esta ley es mutable porque podemos expresar ambos extremos según las circunstancias. Tú como el Fénix, tendrás que aprender a vibrar en alto. No puedes dejarte envolver por las vibraciones bajas o de odio y todo lo que conlleva las vibraciones de bajo nivel, el lado opuesto de la vibración positiva. Cuando estás en ese estado puedes ser presa del Caos y perder el control.

—Eso es difícil cuando has pasado todo lo que he vivido —dijo Sabrina en voz baja.

—Difícil, pero no imposible —respondió Caleb sorprendiendo a Sabrina quien pensó que el sabio no la había escuchado—. Tu padre Nathaniel creó esta ínter-dimensión para que pudieras prepararte. Ese fue su último legado. Mi misión es enseñarte y que estés preparada para asumir tu rol como el Fénix.

—¿Podría aunque sea aquí llamarme Sabrina? Lo siento, pero no me acostumbro a que me llamen "El Fénix".

—En realidad tu nombre es Irina.

—¡¿Qué?! No, no, no. Yo soy Sabrina Tanner. Ese es el único nombre que conozco como mío. Si se equivocaron pueden devolverme…

—Irina es el nombre que Nathaniel te otorgó antes de que nacieras. Entiendo que lo cambiaran para protegerte…

—Disculpe Sr.Caleb, pero agradecería que me llame por Sabrina.

Luego de ese extenuante día de clases, todos comían alrededor de la fogata. Caleb estaba observando detenidamente cada movimiento de los jóvenes. Algo en su comportamiento le intrigaba, especialmente la manera que el sieger trataba al Fénix. Body veía a distancia la preocupación y el estrés de Sabrina. Era como si sintiera un gran peso en su pecho y en sus hombros. Todo le había caído encima en poco tiempo. Saber que era el Fénix, que debía proteger a un mundo del cual nunca había oído, ni siquiera su nombre era suyo y ver a una mujer que decían que era su madre. Una mujer que nunca estuvo con ella en sus cumpleaños, en sus frustraciones y victorias. Sarah y Clara habían ocupado muy bien ese lugar tanto que nunca había extrañado lo que era el amor maternal.

Su tenedor cayó de el plato y Mathew fue a buscarle uno nuevo, pero al voltear nuevamente Body estaba al lado de Sabrina dándole uno.

—¿Te encuentras bien?

—¿Cómo crees que me siento?… —dijo exaltada, luego respiró profundo tocando su cabello buscando refugiarse en sus gafas oscuras—. Olvidé que ya no tengo mis gafas. Lo siento es que es mucho para digerir y no hablo de la comida.

—Ya te lo había dicho, aquí no las necesitas y créeme cuando te digo que sé lo que sientes.

—¿Qué?

—Solo trata de respirar profundo y toma un tiempo para

meditar en todo esto con calma. Inhala y exhala. ¿De acuerdo? — dijo poniendo su mano en el hombro de Sabrina.

—Gracias.

Body se dio cuenta que Mathew se acercaba y volvió a su lugar mientras Mathew lo miraba con recelo y se sentó al lado de Sabrina nuevamente.

—¿Estás bien?

—Sí, creo que sí. Solo necesito tiempo para entender todo esto —dijo Sabrina levantándose.

—¿A dónde vas? ¿Quieres que te acompañe?

—Esta vez no, Mat. Necesito estar sola.

Luego de la cena Sabrina se alejó adentrándose al bosque.

—¿A dónde va el Fénix? —preguntó Caleb a Body.

—Siente que va a explotar con todo lo que le han explicado. Ha sido mucho para digerir en un solo día. Sabrina solo necesita tiempo a solas y meditar. Si quiere puedo vigilarla por si necesita ayuda.

—Estamos en un lugar protegido, pero sí, vigílala. Aún aquí podría perderse.

Caleb vio preocupación en la mirada del sieger y sintió una energía distinta a la que llevaba cuando salió por primera vez de Égoreo. Algo le causaba preocupación pero no estaba seguro qué. Se acercó a Amy quien hablaba con Mathew.

—Gracias por ayudar a mi hija con el portal. Me contó que eres el guardián de la Tierra. Yo conocí a tu bisabuelo —dijo Caleb a Mathew.

—Leí en los escritos de mi abuelo que un mago acompañaba al Fénix, entonces ese mago era usted.

—Nathaniel, el Fénix en aquél entonces, era mi mejor amigo. Sabrás entonces que tu bisabuelo fue escogido por él.

—Leí eso también. El destino del Fénix sería el Tíbet, pero los enviados del Caos ya los esperaban allí. Por eso se movieron hacia América. Mi madre lleva linaje de monjes, así que de ahí la energía para escogernos.

—No te preocupes, tan pronto podamos abrir el portal, luego que el Fénix esté listo, podrás regresar.

—Disculpe señor Caleb, si he logrado estar presente aquí, creo que mi destino es estar hasta el final. Haré lo que sea para que Sabrina logre completar su propósito.

—Eso lo puedo sentir en ti muchacho. Gracias, si me disculpas, tengo que hablar con mi hija.

Caleb continuó caminando con Amy quien estaba preocupada por lo que Mathew había dicho. No quería que su padre malinterpretara al humano y comenzó a defenderlo.

—Padre, Mathew es un gran guardián. Ha logrado demostrar...

—Lo sé hija, no te llamé porque dudara de él. El hecho de que tú, una shützend lo defienda es mucho.

—¿Entonces?

—Quería observarte con detenimiento. Has llegado más joven de la edad que tenías cuando te mandé a la Tierra.

—Me volviste de nuevo una niña, ¿lo olvidas?

—No.

Sabrina se había alejado hasta llegar a una cascada como la que había en Tallulah Falls. Sentada en una roca enorme se encontraba la mujer a la cual le habían presentado como su madre. Rubí se dio cuenta de la presencia de Sabrina y saltó de la roca en dirección a ella.

—Lo siento no pensé que se encontrara aquí —Sabrina se dirigió a ella con cortesía.

—No, descuida, solo meditaba. Imagino que buscabas un lugar para hacer lo mismo.

—Sí.

Rubí comenzó a observar a Sabrina detenidamente y se acercó a ella.

—Has crecido tanto Irina. Parece que fue ayer que tuve que separarme de ti... —dijo levantando su mano hacia el cabello de Sabrina.

—Señora —dijo dando un paso hacia atrás con cierta desconfianza en el tono de su voz–. Mi nombre es Sabrina y disculpe mi rudeza pero, a quien conozco como madres fue a Sarah y Clara. No tengo ningún recuerdo de usted ni la tierra que dicen es mi hogar. Deme algo de tiempo, por favor.

—Claro, sí. Lo entiendo. Tiempo. Necesitas tiempo —dijo con decepción—. Me retiro entonces para que puedas meditar.

Rubí se alejó del lugar y Sabrina observó la cascada dando un respiro hondo. Entró al agua y se colocó bajo ella dejando toda el agua fluir sobre su cabeza. Cerró los ojos y comenzó a meditar. Rubí llegó hasta un punto no muy lejano de donde estaba Sabrina y se detuvo.

—Sé que tu intención es protegerla sieger, pero no te dejes llevar por el sentimiento que sientes. La pondrás en peligro, y a ti también —dijo observando con el rabillo del ojo a la copa de los árboles.

—Lo sé milady. Tengo eso bien claro —contestó Body que estaba en la rama de uno observando hacia donde estaba Sabrina.

Caleb había hablado con Amy sobre cómo había pasado su niñez y juventud en la Tierra.

—Cuando el sieger apareció los poderes de Sabrina comenzaron a liberarse más, pero ya mi memoria había sido liberada.

—Hablando del sieger.

—¿Sí?

—¿Por qué sentí la esencia del Fénix en él?

—Sucedió algo inevitable antes de llegar aquí; antes que Sabrina supiera que es el Fénix. Ella aún no sabe lo que sucedió….

—¿Permitiste que pasara?

—No, como dije, fue algo inevitable.

—No se hubieran unido si no sintieran algo el uno por el otro. Entonces tendremos que traer a los príncipes de los clanes. Mientras más tiempo pasen juntos el vínculo será más difícil de romper.

—No creo que sea buena idea padre. Sabrina aún no acepta quien es en realidad. Recuerda que se crió en la Tierra. Ella no sabe de nuestras costumbres y le aseguro que no lo tomará a bien.

—De cualquier manera tenemos que traer a los príncipes para que empiecen a relacionarse con ella —dijo Caleb mientras se retiraba. Se encontró en su camino con Rubí que tenía una expresión de tristeza en su rostro.

—¿Pasa algo Rubí? ¿No pudiste hablar con el Fénix?

—Me arrepiento de no haber sido yo quien llevara a Irina a la Tierra y se quedara con ella para protegerla.

—Tú la enviaste protegida. Recuerda que casi mueres en el intento. Cediste tu marca —Caleb puso su mano en el hombro de Rubí intentando consolarla.

—Ahora ella no quiere saber nada de mí. ¡Qué ironía! —dijo sonriendo al roce de un recuerdo—. Sarah sabía que yo siempre quise llamarle Sabrina. Y a pesar de eso, la siento más lejos de mí.

—Dale espacio, todo caerá en su lugar, a su tiempo.

El agua fría de la cascada corría por el cabello de Sabrina y Body desde un árbol la observaba. El sieger no sabía qué le estaba pasando ya que no podía retirar los ojos de ella. Seguía observando como el agua le recorría todo el cuerpo. El rostro de Sabrina se veía sereno y podía percibir el sentimiento de paz que ella emanaba. Cada vez ella lo sorprendía más. Cómo había podido proyectar la tranquilidad bajo tanto estrés. Esta chica que él pensaba que era una enana insolente a quien no le había dado importancia, resultó ser a quien estaba buscando con tanta urgencia. La había visto reír, llorar, desesperarse y emborracharse. Había podido ver dentro de su corazón el sufrimiento del primer amor y había logrado despertar en él la lástima que nunca había sentido por alguien. En Égoreo su vida fue destinada para ser un shützend. Era un soldado, su fuerza y su vida eran dedicadas solo a proteger. Un shützend, si no era "marcado" no tenía más futuro que ese, esa es la tradición. Nunca se había cuestionado su destino hasta que conoció a Sabrina en la Tierra. A su mente llegó el recuerdo del beso que le dio. Su corazón comenzó a latir fuertemente cuando escuchó su voz.

—Sé que estás ahí. No pensé que un ángel tuviera esas costumbres pervertidas.

El sieger salió de la rama del árbol donde se encontraba y voló hasta llegar frente a ella.

—Primero, no soy un ángelus; segundo, y no menos importante, ¡no soy un pervertido! —reprochó todavía estando suspendido en el aire frente a ella.

—Entonces ¿Qué haces escondido y observándome?

—Solo cumplo mi deber. Estoy protegiéndote.

—¿De qué? Se supone que este es un mundo protegido —dijo levantándose y tropezando con las rocas.

Body vio que se resbalaba y la agarró en el aire. Voló sacándola del agua hasta llegar a la orilla del río.

—¿Ahora?, de ti misma —dijo mirándola a los ojos—, a veces eres tan torpe...

—¡Ohhh gracias gran salvador! Cuando quieras puedes soltarme —resopló seriamente.

Body observaba que aún tenía los brazos en la cintura de Sabrina. Por un segundo no sabía qué hacer y su corazón comenzó a acelerarse, o ¿era el de ella? Inmediatamente soltó su cintura y miró a otra dirección ya que la ropa de Sabrina estaba tan empapada que se había pegado a su cuerpo marcando su figura. Sabrina se dio cuenta de lo incómodo de la situación y comenzó a exprimir su camisa y cabello. Él sin saber qué decir, aclaró su garganta.

—¿Qué? —preguntó molesta.

—Nos deben estar esperando, debes descansar. Mañana al amanecer continuará tu entrenamiento.

—Entrenamiento —dijo dando un suspiro de impotencia.

—No te frustres Sabrina. Eres el Fénix, tienes la fuerza en tu interior.

—El Fénix, Irina, el Fénix. Esto es un fastidio...Soy Sabrina, siento que estoy desapareciendo...

Instintivamente buscaba en su cabello y camisa las gafas que siempre llevaba en la Tierra para ocultar sus ojos, pero su "escudo" se había quedado allá. Suspiró en impotencia, tenía que resignarse a que ya todo había cambiado.

—Pero tengo que hacerlo. Es mi destino, ya lo sé.

—No te exijas a ti misma. Lograrás dominarlo, pero debes aceptarlo pacientemente. En el poco tiempo que nos conocemos, sé que podrás lograrlo.

Sabrina suspiró luego de un corto tiempo en silencio.

—Bueno ya que estas ayudándome. Pon en función tus alas.

—¿Perdón?, ¿Quieres que te lleve volando?

—No. No puedo llegar empapada, me puedo resfriar. Ya que estás a mi servicio, al menos sirve de abanico y sécame.

—¿Qué?, ¿A tu servicio?

—Soy el Fénix, ¿No?

Caleb, Amy y Rubí preparaban todo para el siguiente día de entrenamiento al Fénix. Mathew tomaban algo caliente pues esa noche el frío comenzaba a sentirse.

—Te acostumbrarás al ambiente de aquí. Mañana también entrenarás —dijo Amy acercándose.

—¿Yo?

—Si lograste traspasar el portal, tienes una misión aquí. Así lo veo.

—De acuerdo. Se supone que Sabrina haya llegado ya —dijo mirando a varias direcciones.

Mathew se quedó perplejo observando a Sabrina y Body que regresaban del bosque. Amy volteó y se quedó perpleja también al ver a su hermana con el cabello revuelto, toda cubierta de hojas y algo de tierra. Sabrina venía sacudiéndose la ropa e intentando arreglar su cabello y cuando llegó le dijo a Amy.

—Espero que en este mundo tu magia al menos sirva para volverme a la normalidad.

—¿Qué te sucedió? —preguntó Mathew asombrado—. Parece que te llevó un torbellino.

—¡Tu primo el alemán y sus prodigiosas alas de cuatro caballos de fuerza! —gritó Sabrina pasándole por el lado y tomando a su hermana por el brazo halándola hasta entrar a una cabaña.

Todos se voltearon a mirar al sieger que actuaba indiferente con la acostumbrada serenidad de un soldado. En la cabaña Amy peinaba el cabello de Sabrina.

—Lo pensarás dos veces antes de volverle a pedir un favor así al sieger –dijo Amy.

—Lo hizo apropósito. Luego de que me dio ánimos…

—¿Te dio ánimos?

—Bueno, estaba frustrada y él solo quería ayudarme…

—Ahora lo estás defendiendo…

—¡No!, ¡pfff! ¡Por Dios! Se desquitó por el favor que le pedí. Se supone que si es mi guardián...

—El Fénix no se aprovecha de su posición para sobornar a otros.

—...yo... —Sabrina se quedó muda. Su hermana le comenzaba a dar un sermón.

—Sarah y la tía Clara siempre nos enseñaron a respetar a todos no importando si estaban sobre o por debajo de nuestro puesto, grado o posición en cualquier lugar. Eso es parte de la enseñanza del Fénix. Todos formamos parte de una unidad.

—Sí lo sé —dijo cabizbaja torciendo sus labios—. Ley universal.

—Bien, vamos a dormir —dijo Amy recostándose en el lecho y arropándose con una manta.

Sabrina hizo lo mismo que su hermana y se acostó a su lado. Mantenía los ojos abiertos recordando todo lo acontecido desde que comenzó a despertar sus poderes. Cada detalle desde que Body había llegado a su vida. ¿Qué le estaba pasando?, sentía su presencia siempre que estaba cerca. Incluso ahora, sentía que se encontraba vigilante en el techo de la cabaña. Siempre que veía sus alas, recordaba el día del ataque. Recordaba cómo esas enormes alas la habían protegido de ella misma y de los orcos. Esas alas que hacía varias horas la habían desarreglado a propósito eran las mismas que poco tiempo atrás la habían envuelto cálidamente y le ofrecieron refugio con un tierno beso. Sabrina fue quedando dormida al revivir la paz que aquellas alas de ángel le brindaron esa noche. El sieger en el techado de la cabaña miraba las estrellas y preocupado tocaba su pecho que latía fuertemente hasta calmarse envuelto en un sentimiento de paz.

Había pasado cinco días en la Tierra desde que Sabrina había cruzado el portal. En el bosque donde fue llevado a cabo el ritual quedaba alguien que había presenciado todo, Wendel, un gnomo del clan zauberer. Un ser de orejas puntiagudas, robusto y una cabeza agrandada desproporcional a su cuerpo. Escapó hacía años a la Tierra, había llegado al bosque de Tallulah Falls al sentir la magia del Fénix. Cuando llegó, estuvo más de una semana buscando el rastro de magia hasta que una noche sintió visitantes cerca de la cascada. Se escondió para observar. Al darse cuenta de lo que sucedía camufló su magia para no ser encontrado por los shützend. Estaba sorprendido de haber encontrado al Fénix. Pensó que moriría en la Tierra sin tener la oportunidad de ver al heredero de Égoreo. Wendel pensó que el Creador le había dado esta oportunidad para reivindicarse con su clan.

—¿Cómo lograr ir a dónde están?, ¿Cómo podré recrear la magia que me lleve a donde está el Fénix? —pensó en voz alta mientras buscaba en un cofre lleno de piedras preciosas algo que le sirviera para realizar el ritual.

—Tiempo sin vernos Wendel —dijeron a su espalda.

Wendel reconoció esa voz. Hacía años que no la oía. Habría jurado que era la voz de su mejor amigo a quien había perdido. El gnomo volteó con temor y vio a un joven alto de cabello rojizo y ojos marrón oscuro vestido de una armadura dorada. En un repentino movimiento atrapó al gnomo en un saco dorado.

—¡Tamish, por favor déjame ir! —gritó Wendel desde el interior del saco.

—Un asesino como tú debe enfrentar la justicia. Has violado la ley más sagrada de nuestro mundo.

—¡Tamish escucha!

—Un asesino como tú no merece…

—¡Sé dónde está el Fénix! —dijo Wendel en un intento desesperado. Tamish se sorprendió y calló para escucharlo—. Hace una semana traspasaron el portal. Deben estar en Égoreo.

—El Fénix está muerto.

—No me refiero a Nathaniel.

Tamish se detuvo por un momento, respiró hondo y continuó su marcha firmemente.

—¿Me escuchaste? ¡No es Nathaniel! —gritó Wendel con desespero en su voz.

—Habla gnomo.

—¿Me vas a sacar del saco para explicarte?

—Te escucho perfectamente desde ahí. Tú decides. ¿Ahora o luego frente a Claus? Y te recuerdo que Claus hará que caiga todo el peso de la ley sobre ti tan pronto te entregue; así que habla.

Sabrina se levantó asustada al oír un estruendo de ollas a fuera de la cabaña. Se dio cuenta que Amy no estaba a su lado. Al salir vio que Mathew y Body estaban en plena batalla. Mathew llevaba una armadura de plata como la que vestía Amy. Sabrina se dirigió a interrumpir la pelea al ver la desventaja de Mathew que cada vez que se levantaba a luchar contra Body, terminaba expulsado contra un árbol.

—No puedes interrumpir su entrenamiento —Amy la detuvo por el hombro.

—¿Qué no vez?¡Lo está matando!

—Él es un guardián también. Si traspasó el portal tiene que estar preparado para lo que se avecina —dijo Caleb.

—En un mundo donde todo es magia, un simple humano está en desventaja. Por eso tenemos que prepararlo —prosiguió Rubí.

—Está bien prepararlo, pero no matarlo —reprochó Sabrina mientras veía a Mathew volar por el aire aterrizando en una pila de troncos—. ¡Body ya basta lo estas lastimando! —gritó.

Sabrina llegó hasta donde estaba Mathew quien tenía una cortadura en su frente.

—No tienes que hacer esto —intentó ayudarlo a levantar.

—Tengo que hacerlo si quiero al menos servir de algo —dijo Mathew levantándose y sacando suavemente a Sabrina del camino. Comenzó a dirigirse hacia Body empuñando la espada.

—¿Quieres tomar su lugar? —gritó Body a Sabrina.

—No te distraigas sieger. Estas entrenándome a mí ahora —contestó Mathew comenzando a atacar.

Caleb se dirigió a la cabaña mientras le decía a Sabrina.

—Fénix ya es hora de comenzar su lección.

—No te preocupes por Mathew, es más fuerte de lo que crees. Además yo estoy aquí, no dejaré que lo maten —dijo Amy.

Sabrina dudó en retirarse antes de dirigirse a la cabaña mientras miraba varias veces hacia atrás donde Mathew y Body estaban luchando. Pasado el mediodía Sabrina salió de sus lecciones y vio a Amy sanando con su magia las heridas de Mathew.

—¡Vaya! Creo que dejaste un pedazo tuyo atrás —se mofó acercándose.

—Sí, sí búrlate veré como te va a ti ahora —respondió Mathew

—Yo, soy el Fénix ¿lo olvidas? —dijo Sabrina sonriente abriendo sus brazos.

—Yo siendo tú borraría esa sonrisa del rostro. Vas a luchar conmigo —dijo Amy.

Amy se encontraba frente a Sabrina en el lugar que Mathew y Body habían estado luchando. Sabrina llevaba una armadura igual a la que había llevado Mathew.

—¿Dime por qué esto es necesario? —preguntó Sabrina tratando de moverse en su armadura.

—Si sabes luchar con ella puesta, serás más ágil cuando no la tengas. Además, es necesario para que te protejas porque aún no controlas tus poderes. El enfocarte en la lucha te ayudará a ejercitar tu concentración. ¿Recuerdas cuando practicábamos kendo? —respondió Amy.

—Sí.

—Pues es muy parecido. Ahora concéntrate.

Amy avanzó con espada en mano hacia Sabrina quien levantó la de ella deteniendo el espadazo y cayendo al suelo.

—Buena respuesta. Ahora trata de mantener balance para que no vuelvas a caer —le gritó Body desde la cima de la cabaña donde se encontraba observando.

Sabrina se levantó y comenzó a atacar a Amy. Estuvieron luchando varias horas sin parar. En un ataque Amy sacó una daga y se la lanzó a Sabrina quien con su espada la desvió por el aire en dirección a Rubí. "¡Rubí cuidado!" gritó Caleb lanzando un rayo de sus manos desviándola. En ese instante Sabrina se remontó a un recuerdo del pasado. Recordó ser una niña y estaba siendo cargada por alguien huyendo de unos orcos que las perseguían. Los orcos eran grandes, grotescos y tenían espadas de las cuales salían unas llamas fantasmales de color verde. Vio cuando una daga salió en dirección a ella, pero la persona que la estaba cargando se volteó y desvió la daga con un rayo rojo que salió de sus manos. Sabrina despertó de su recuerdo cuando Amy le gritó "¡Concéntrate!" atacándola. Sabrina levantó su espada deteniendo el ataque. Volvió a tener otro recuerdo y esta vez vio a Amy enfrascada en una batalla con un orco. A pesar que Sabrina se mantenía luchando los recuerdos de un pasado desconocido iban y venían a su mente como fotos que se presentaban en una pantalla y la hacían perder la concentración. Nuevamente despertó del recuerdo pero esta vez con un fuerte dolor en el brazo. Amy la había herido.

—¡Detente! —gritó Body bajando del techo de la cabaña—. Ya es suficiente.

Sabrina cayó al suelo con un dolor inmenso en su brazo que la hizo soltar la espada. Sus ojos comenzaron a cambiar de color. Estaba siendo presa nuevamente de sus emociones. Amy lanzó su espada al suelo y se acercó a Sabrina para ayudarle, pero Body ya la tomaba en brazos llevándola a donde se encontraba Rubí. ¿Cómo el sieger llegó tan rápido? ¿Qué está pasando? Se preguntaba Amy inquieta con lo que había acabado de ocurrir.

La cercanía del cuerpo de Body la hacía sentirse calmada a pesar del dolor que sentía. Caleb revisó el brazo desapareciendo la armadura y Amy llegó corriendo preocupada.

—Dije que tenías que mantener la concentración.

—¡Es difícil cuando mis recuerdos vienen y van sin avisarme!

—No te preocupes no es algo que la magia no pueda resolver —dijo Caleb pasando su mano por el brazo de Sabrina curando la herida—. Te dolerá un tiempo más, pero al menos está cerrada.

—Sabrina ¿estás bien? —preguntó Mathew empujando a Body.

—Estoy bien, Gracias. Solo necesito descansar —respondió poniendo las manos en su cabeza.

—¿Qué recordabas que hizo perder tu concentración? —preguntó Mathew.

—Olvídalo solo quiero descansar —contestó Sabrina restándole importancia al asunto.

—Esto te ayudará a calmar el dolor —dijo Rubí mientras le aplicaba uno de los ungüentos que tenía en una bolsa.

—¿Por qué usted no desvió la daga con su magia? —le preguntó Sabrina.

—Hace mucho que no tengo mis poderes —respondió tranquilamente. Sabrina se quedó sin palabras—. No sientas lástima ya estoy acostumbrada —dijo levantándose.

Sabrina le respondió con una leve sonrisa y levantándose con la ayuda de Mathew se retiraron hacia sus cabañas. Body se levantó y se retiró en dirección al bosque. Caleb observaba cada movimiento del sieger desde que se impacientaba viendo la lucha del Fénix hasta que voló con desespero hacia ella y decidió seguirlo. Algo andaba mal, podía sentirlo. Necesitaba detener esto antes que tomara un curso del cual no pudieran retornar.

—¡Boadmyel detente!

—¿Sí señor?

—Acompáñame, no hemos tenido tiempo para que me des tu informe.

—¿Aquí señor?

—Sí. No quiero que Rubí o el Fénix se enteren de lo que vamos a hablar.

Body observó con cautela la mirada del sabio que quería escudriñarlo. No podía dejar que dudara de él. Es un soldado leal y haría todo lo que estuviera a su alcance para que el Fénix cumpliera su misión. Hizo un gesto afirmativo con la cabeza y se sentaron en un par de rocas enormes. Hubo un corto silencio entre ambos hasta que Caleb habló.

—Bien, espero tu informe.

—Sí señor. Estuve casi dos años Tierra en busca del objetivo. El Fénix se había mudado del último lugar donde las shützend la protegían. Seguí el rastro de magia como me dijo hasta que me llevó a una ciudad pequeña en Georgia, en América. Ahí encontré la familia guardián que por una extraña razón no me habían reconocido. Luego supe que el destinado de la familia no se encontraba en el país y no fue hasta que Mathew Summers se colocó el collar que despertó su consciencia. Tuve que hacerme pasar por un familiar y engañarlos hasta ese momento. Luego, una noche nos atacaron tres zauberer que llegaron buscándola y tuvimos que luchar. La shützend superior, Sarah... —Body pausó avergonzado por no haber informado antes de la muerte de Sarah—, debo informarle de su muerte.

—Lo supuse cuando no la vi con ustedes.

—Sarah murió cuando Amy y Sabrina eran niñas, pero antes de morir borró sus recuerdos. Les permitió llevar una infancia lo más humanamente posible.

—¿Por eso el Fénix carece de todo conocimiento de Égoreo y sus leyes?

—Sí. Es por eso que también no puede controlar su poder. Sus emociones la controlan, en especial el miedo. Esa noche que nos atacaron...

Body a distancia se percató que Mathew y Sabrina estaban caminando por el campamento por lo que se distrajo de su informe a Caleb. Detuvo la conversación cuando vio que Sabrina se tropezó y cayó de rodillas al suelo. Caleb notó un semblante de preocupación, lo que no es normal en un shützend. Volteó la vista y se dio cuenta que el Fénix se estaba levantando del suelo con la ayuda del joven guardián.

—Te has vuelto cercano a la Fénix —mencionó Caleb observando hacia donde se encontraba Sabrina.

Body abrió los ojos de manera sorpresiva por un segundo todavía mirando a lo lejos. Recordó que no podía provocar la duda en el mago. Tenía que mantener su templanza de soldado. Volvió a un semblante sereno y miró nuevamente a Caleb quien estaba serio.

—Sé cuál es mi lugar señor.

—Eso espero, recuerda que eres su shützend.

—Lo sé.

—Pronto llegarán los príncipes de los cuatro clanes.

—¿No cree que es demasiado pronto para ello?

—No, no tenemos mucho tiempo. El Caos está expandiéndose en Égoreo. Nos espera una cruda batalla y los príncipes nos ayudarán a entrenarla. Todavía están de nuestro lado.

—Pero ella no controla bien su...

—Sé que estás unido al Fénix Boadmyel —dijo Caleb sorprendiendo a Body—. No tienes que darme detalle, lo presentí desde que llegaron.

—Fue inevitable señor. Sabrina estaba a punto de perder totalmente el control y...

—Dije que no necesito detalles. Aquí su lazo se está intensificando, con más razón necesitamos avanzar —interrumpió Caleb levantándose.

—Pero señor ella aún no está prepara... —intentó explicarse, pero Caleb se volteó molesto.

—Pensé que sabías cuál es tu lugar soldado. Si el lazo se intensifica, ambos pondrán en peligro sus vidas y con ella el futuro de Égoreo.

Body hizo una pequeña reverencia ante su superior y Caleb se marchó dejándolo a solas.

Sabrina estaba hablando con Mathew cuando de repente comenzó a quejarse de dolor en su pecho.

—¡Sabrina! ¿Qué te pasa? —preguntó Mathew preocupado.

—No lo sé, ¿quizá sea indigestión?

—¡Pero... estás llorando!

Sabrina sorprendida llevó las manos a sus mejillas que efectivamente estaban llenas de lágrimas. No sabía por qué le estaba pasando eso.

—Debo estar cansada; así que me iré a dormir.

—Sí, claro descansa. Hasta mañana.

Amy observaba a Sabrina que tocaba su frente mientras se dirigía a la cabaña. Se acercó a Mathew y comenzaron a hablar.

—¿Sabrina se siente mal?

—Solo está cansada.

—Bien. Necesito aclarar algo contigo.

—¿Aclarar algo? ¿Sobre qué?

—Lo que pasó en la Tierra, antes de entrar al portal...

—¿Tu desmayo o lo que pasó justo antes que te desmayaras?

Amy respiró hondo y dejó salir el aire de golpe. Tomó la posición de un soldado en atención y seriamente dijo:

—Debo disculparme por tal acción. Fue un error de mi parte.

—¿Error? ¿¡Llamas a un beso error!?

—Eso es lo que fue.

—Tú dijiste...

—Pensé que jamás volvería a verte. Además, estaba muy desorientada con la energía absorbida por el ritual.

—¿Estás bromeando cierto?, No puedes hablar en serio —dijo Mathew pasando la mano por su cabello en incredulidad.

—Soy una shützend, fui escogida y entrenada para ser un soldado en protección de la familia real. Ese es mi llamado, mi destino y mi vida. No hay espacio para nada más en un shützend si no está marcado.

—¿Marcado? ¿De qué rayos estás hablando?

—No entenderías aunque lo intentara explicar. Son leyes de nuestro mundo. Lo único que puedo decir es que lamento haber hecho que malinterpretaras las cosas.

—Solo soy un simple humano. Ya entendí —mencionó con las manos en sus bolsillos mirando hacia el suelo. Golpeó una piedra con su pie y respiró hondo—. Hagamos como que eso nunca sucedió.

—Será lo mejor. Ya aclarado esto, buenas noches. Mañana seguiremos entrenando —culminó Amy indiferentemente alejándose a su cabaña.

Mathew no sabía qué hacer. Sus ojos comenzaban a humedecerse en frustración. Caminaba de un lado a otro con sus manos en los bolsillos intentando contener un grito en su garganta. Un recuerdo llegó a su mente. Prácticamente había pasado lo mismo entre Sabrina y él. ¿Sería acaso una jugada cruel de lo que le llamaban karma?, no, porque él amaba también a Sabrina, aunque no de la misma forma.

En el mundo de dos lunas, un enorme castillo se erguía en el pico más alto. Unas puertas enormes labradas en madera con detalles en oro mostraban cuatro escudos símbolos de los clanes. El primero, una lechuza cristalina que parecía salir del agua y en su cabeza lleva una bola de cristal. Este símbolo pertenece al clan de los Gelehrt, los Sabios, cuyo elemento es el agua. El clan Mächtig, los dragones, cuyo elemento era el fuego, eran representados por el segundo escudo, dos espadas de fuego cruzadas y un dragón rodeándolas. El tercero, una espada envuelta en un torbellino. Este es el escudo de los Sieger, los alados que dominaban los aires. El último, una hoja de Yagrumo$_{(14)}$ rodeada por una enredadera a manera circular el cual pertenece al clan de los Zauberer, los elementales, maestros de la tierra. A lo alto en el marco de las puertas se admiraba un ave magistral, labrada en oro macizo. El Fénix, rodeaba con sus alas todo el marco de las puertas cubriendo bajo ellas los cuatro clanes de Égoreo.

–He llegado mi señor –anunció Tamish colocándose sobre una rodilla luego de entrar por las puertas del enorme salón.

Todo el salón a su alrededor estaba cubierto por columnas de caoba y hermoso cuadros en sus paredes. En cada columna en la parte más alta tenía incrustado piedras preciosas. El lugar era un centro de energía cósmica. El trono estaba labrado en caoba y oro. Grande y majestuoso en el cabezal de su espaldar nuevamente los cuatro escudos arropados en las alas del Fénix. Los mangos labrados, uno era un dragón y el otro un águila. El búho junto a las raíces de un enorme árbol completaban el trono hasta sus pies. A su lado izquierdo estaba una espada majestuosa en una urna de cristal cuya empuñadura era la imagen de un fénix y las alas eran su guarda. Su hoja filosa llevaba una inscripción en su acanaladura en alemán que decía: "Cuando todo se haya consumido por el fuego, de las cenizas renacerá la esperanza". Un hombre del clan de los sabios, estaba cerrando la urna cuando Tamish entró al salón. Era alto con una túnica de terciopelo negra y roja con detalles dorados. Aquel sabio se volteó mostrando su rostro, con su larga cabellera negra pero vislumbraba rayos de plata en clara distinción de su madurez. Sus ojos eran grandes y del color del desierto. Llevaba una larga barba y bigote, canosos igual que su cabello.

—¿Qué noticias tienes? —preguntó el Sabio con voz grave.

—Encontré al fugitivo. Se escondía en la Tierra.

—Bien, recibirá todo el peso de la ley de Égoreo y si es necesario lo pagará con su existencia.

—Claus, la ley más sagrada de Égoreo...

—Lo sé Tamish, pero el delincuente fue responsable de la muerte del Fénix. Alteró el equilibrio de nuestro mundo. ¡Y que el Creador me ayude!, es mi deber restablecerlo. Solo yo puedo hacerlo ahora —Claus dio un suspiro de impotencia mientras decía en voz baja—. Ah Nathaniel, ¿Por qué no seguiste mis consejos sobre el casamiento?, ahora tendríamos un heredero.

—Y... si el Creador nos concede el milagro de un...

—No lo hará. Ya lo sabría si fuera así. Ya han pasado años, o ¿Es que sabes tú algo que yo no sepa?, si es así debes decirlo.

—No, gran sabio. Usted es la cabeza de Égoreo ahora.

—Eres el capitán de la guardia real Tamish. Nathaniel te apreciaba mucho. Entiendo tu pesar, pero no dudes que estoy haciendo todo lo que está a mi alcance para salvar nuestro mundo. Cuento con tu lealtad.

—Sí, señor.

En la madrugada Amy salía de su cabaña y se encontró con Body en el techado.

—¿Tan temprano, va a preparar el entrenamiento de hoy? —Saltó y llegó hasta donde ella.

—Sí.

—Capitana...

Amy lo observó sorprendida. Body sonrió y le dijo.

—Usted era la capitana de la guardia cuando entré al ejército. Cuando me eligieron como candidato para ser shützend.

—Tienes razón, aunque hace ya mucho tiempo nadie me había llamado así.

—Pude recordarla cuando la vi con su uniforme.

—¿Tienes un minuto? Necesito hablar contigo, de soldado a soldado.

Se alejaron del campamento para dialogar. Amy se detuvo y en posición de alto rango comenzó a hablarle a Body.

—Te hablaré como tu superior, pero a la vez como un compañero shützend.

—Su padre ya habló conmigo si es referente a Sabri...

—El Fénix. De ahora en adelante debemos referirnos a ella como el Fénix.

—No le va a gustar, en especial viniendo de su herma...

—No soy su hermana. Somos sus guardianes. El vínculo que formamos en la Tierra con ella solo la debilita. La distrae de su misión. Debe enfocarse en su entrenamiento y debemos ayudar a que eso suceda.

Body prestó atención sin embargo, estaba dudando de que las órdenes de su superior causaran el efecto que esperaba en Sabrina. Podía sentir lo que el Fénix pensaba, por eso creía que el plan de Amy terminaría mal. Pero ella era su superior y tenía que seguir la orden.

—Es nuestro destino Boadmyel, queramos o no. Tenemos que olvidar lo que el sentimiento en la Tierra nos hizo sentir o pensar. Aquí somos soldados y más que eso somos shützend. No podemos soñar con ese derecho que llevan los marcados. Tú y yo solo somos eso, recuérdalo.

—Sí capitana.

Esa mañana luego de terminar su desayuno Amy se acercó a Sabrina.

—Debemos empezar su entrenamiento.

—¿Su? —preguntó Sabrina alzando una ceja.

—Sí, Fénix, su entrenamiento.

—Espera, ¿En qué momento pasé de ser Sabrina al Fénix en tu vocabulario?

—Desde que supe que era el Fénix. Fue un error tratarla de otra manera —Amy se separó un poco e hizo una leve reverencia.

—¿Qué?

—De ahora en adelante la trataré formalmente como debe ser. Debe enfocarse en su entrenamiento. Tanto Boadmyel como yo somos sus guardianes y le debemos un respeto. Disculpe incomodarla.

—¿Eso quiere decir que estás rompiendo con nuestra relación de hermanas?

—Recuerde que todo eso fue una ilusión creada por Sarah. Solo soy su guardián.

Sabrina no creía lo que estaba oyendo. Esto era un sueño que comenzaba a convertirse en una pesadilla. Veía el rostro de Amy sin ningún atisbo de sentimiento, como los soldados de la guardia de Londres. Body llegó en ese momento haciendo también una reverencia.

—Lamento interrumpir pero Caleb ya tiene la armadura de la Fénix y el joven humano está esperando para el entrenamiento.

Sabrina no creía que también Body estuviera incluido en este ridículo juego de palabras. Verlos dirigirse a ella así era peor que los años que la marginaban mientras crecía.

—Voy a entrenar, pero cuando acabe el día de hoy espero que su libreto de juego de palabras termine. No estoy a gusto con esto —rectificó Sabrina molesta.

Amy y Body hicieron una leve reverencia la cual le molestó aún más.

—Lo siento —mencionó Body.

—Lamento incomodarla, pero así debe ser el protocolo —dijo Amy.

—¡Al diablo con el protocolo! Hablo en serio, más vale que vuelvan a la normalidad.

Sabrina se alejó mientras Body y Amy continuaban con la reverencia.

—No creo que esto funcione –dijo Body a Amy.

—Ya veremos cómo resulta el entrenamiento –contestó Amy.

El entrenamiento de Sabrina se intensificaba con cada hora y día que pasaba. Ellos la seguían tratando con formalidad y Sabrina sentía que no aguantaría un día más. Trataba de pasar más tiempo con Mathew quien intentaba convencerla que su misión era importante aunque por dentro también sentía la indiferencia de Amy y arrogancia de Body. Amy, Caleb, Body, todos excepto Rubí habían tomado turnos para batallar con ella, incluso Mathew. La madre de Sabrina, quien había partido hace tres días, tenía una nueva encomienda por parte de Caleb; buscar los príncipes de los clanes para que ayudaran al Fénix a dominar los elementos, pero era más que eso. La ley de Égoreo dictaba que el Fénix desposaría a un hijo de familia real, un príncipe (en este caso) de uno de los cuatro clanes.

—Vamos Sabrina, no iré lento porque seas una chica —le gritó Mathew esperando que Sabrina se pusiera de pie.

—Mathew me estás haciendo enojar, más vale que te calles —Sabrina sacudió ramas de su cabello y volvió a colocarse en posición de defensa.

—¡Estoy esperando! No puedo creer que yo un simple humano le lleve la delantera al legendario Fénix —dijo Mathew sarcásticamente.

—¿Él sabe lo que está haciendo? —preguntó Body a Amy.

—Tenemos que hacer que aflore su poder, él sabe cómo hacerlo —contestó Amy con seriedad.

El coraje de Sabrina se intensificó y se lanzó con espada al frente sobre Mathew quien la esquivó gritando un "Olé, venga toro". Haciendo acento de español. Sabrina ya se había enfadado bastante hasta que Mathew volvió a molestarla, "Aja toro, digo Fénix que esto no es pa'mañana". Ahora sí estaba molesta en serio y sus ojos le empezaron a cambiar de color. Sintió su cuerpo calentarse. Cuando comenzó a atacar levantó su espada y de ella salió un rayo púrpura en dirección a Mathew lanzándolo por el aire. Sabrina dio un grito soltando su espada y corrió hacia él. Amy intervino justo antes de que Mathew chocara contra unas rocas y con su magia lo detuvo en el aire colocándolo en el suelo. Había quedado inconsciente. Cuando Sabrina vio su condición comenzó a respirar aceleradamente. Su cuerpo ya estaba cubriéndose en llamas. Sentía histeria al ver que Mathew no despertaba. Él era quien le daba ánimos en estos días para que no renunciara a su destino, sin tratarla con formalidad sino como familia, como amigo. Si algo le llegara a pasar no se lo perdonaría.

—No... Mat... no quise... lastimarlo —decía Sabrina hiperventilando entre lágrimas.

—Boadmyel llévate al Fénix —ordenó Amy al ver que Sabrina estaba a punto de perder el control.

—Vamos, él estará bien —aseguró Body agarrándola del brazo.

—¡No me toques! —manoteó retirándose hacia el bosque.

—Boadmyel —Caleb le hizo señal con su cabeza para que siguiera a Sabrina.

—Sí señor —contestó y corrió tras ella.

Al alcanzarla la tomó nuevamente por el brazo, pero ella se sacudió y esta vez lo empujó.

—Debe tranquilizarse —le dijo Body.

—¿No entiendes que no puedo? ¡Casi lo mato! —gritó Sabrina saliendo de control.

—No, no es cierto.

—¡Aléjate o te podría lastimar!

Body observó los ojos de Sabrina, estaban cambiados del púrpura al rojo. Estaba a punto de salir de control por completo. Tenía que hacer algo, pero ya Caleb le había advertido. No podía unirse a ella más de lo que estaba. En un repentino impulso la tomó en sus brazos y la elevó nuevamente por el aire hasta que llegó a la cascada y la sumergió bajo el agua. Sabrina estaba sorprendida pero ciertamente había funcionado, sus ojos pasaron al verde esmeralda que la caracterizaba tanto. No dejaba de mirar a Body boquiabierta con sus ojos en incredulidad.

—¿Ya se calmó? —preguntó sin quitarle la vista.

—¿Cómo pudiste? ¡Tú... tú...!

—¿Qué quería que hiciera Fénix?

—¡No lo sé! —gritó ella a lo que él respondió de igual manera.

—¡Pues yo tampoco! ¿Por qué siempre te descontrolas cuando se trata de él? —sin darse cuenta había cambiado su formalidad. Verla desesperarse por ese humano le resultaba bien incómodo.

—¡¿De qué hablas?!

—Entiende que el humano no te pertenece, no puedes hacerte

responsable de él o recriminarte por lo que le pase. Es su decisión y usted es la Fénix, no puede dejar que sus sentimientos la controlen —gritó.

—Fénix, Fénix, Fénix. ¡Soy Sabrina! Deja a un lado el maldito protocolo, me enferma.

Sabrina salió de la cascada toda empapada dando resbalones sin permitir que Body le ayudara. Sintió el dolor en ella, pero también se encontraba lastimado. Ver cómo Sabrina se preocupaba por Mathew al punto de salir de control le incomodaba, le causaba celos. Algo que él no debería sentir. Intentó disculparse pero Sabrina no lo dejó hablar. Se volteó y lo miró directo a los ojos derramando lágrimas.

—No sé por qué lo que me dices me duele aquí —señaló su pecho—. Y no me gusta. Por favor déjame sola.

—De acuerdo —respondió dando una reverencia y retirándose.

Sabrina se dio la vuelta y entró a la cascada. Necesitaba aplacar sus sentimientos. Body continuó su camino cuando se percató que ella regresaba bajo la cascada y se dijo en voz baja. "Si supieras que lo mismo siento yo". Llegó al campamento donde Amy y Caleb lo esperaban.

—¿Cómo está el Fénix? —inquirió Caleb.

—Está en la cascada calmándose —contestó—. ¿Y Mathew cómo está?

—No ha sido grave, está en la cabaña —respondió Amy.

—Es un humano muy fuerte —aseguró Caleb.

—Sí, lo es. En el poco tiempo que lo conocí puedo decir que es admirable aunque un poco tonto —admitió Body aunque no hubiera querido hacerlo.

—¿Eso es un cumplido o un insulto? —preguntó Mathew que salió de la cabaña y se acercó a ellos—. ¿Dónde está Sabrina?

—Estaba muy alterada cuando usted resultó herido. Está en la cascada calmándose…

Caleb no terminó de hablar cuando Mathew ya se había ido a buscar a Sabrina. Body se dirigía de vuelta tras Mathew pero Amy lo detuvo.

—Recuerda que no debemos intervenir.

—Con todo el respeto, no veo nada provechoso tratarla con tal indiferencia. Ahora lo más que necesita es de las personas allegadas a ella para que su mente internalice todo lo que está pasando. No es fácil cambiar la vida de la noche a la mañana. Yo solo la conocí por meses mientras usted la conoció toda su vida. Deberías más que nadie saber cómo se siente —Body alzó vuelo y desapareció en la espesura de las nubes.

Mathew llegó a la cascada y al ver a Sabrina le gritó.

—¡Ey! Ahora te crees samurái haciendo misogi(13).

Sabrina abrió los ojos y al ver a Mathew salió corriendo de la cascada hacia él y se fundió en un abrazo.

—¡Estas bien... yo creí... que... que... —comenzó a llorar.

—Oye no soy de papel pero no abuses ¿sabes? ¿Desde cuándo te convertiste en una niña llorona?

Sabrina lo abrazaba con fuerza y comenzó a desahogarse en los brazos de su mejor amigo.

—Siento que todo esto es una pesadilla. Quiero regresar a casa. Regrésame a casa por favor —suplicaba aún con su cabeza en el pecho de su amigo.

—¡Sabrina!

—Mi vida era una farsa. Ahora resulta que tengo una madre que ni siquiera recuerdo. No tengo mis gafas, no puedo ocultarme mi hermana no es mi hermana ahora soy una extraña dicen que soy la salvación de un mundo que aún no conozco ni siquiera sé si mi nombre es real ¿quién soy?— tomó una pausa para recuperar el aire de golpe—. Ahora más que nunca te necesito, nadie me trata igual que antes. Siento que aquí he perdido todo. Lo único que ha sido real en mi vida eres tú.

Mathew no sabía que decirle a su amiga para calmar su dolor. Aún recordaba las palabras fuertes de Amy y sentía la frustración en su pecho. Lo más que detestaba en el mundo era ver a Sabrina sufrir y allí estaba en sus brazos, derramando el alma. La abrazó fuertemente acariciando su cabello mojado intentando consolara, pero aun él mismo estaba conteniendo las lágrimas. No le importó que estuviera empapada, solo quería abrazarla, consolarla. Levantó su rostro para enjugar sus lágrimas con los dedos. La mirada suplicante de Sabrina le partía el corazón. Le suplicaba que la llevara a su casa, que la sacara de esa pesadilla. Quería volver a ver a sus tíos, recuperar a su hermana y bromear con él como lo hacía antes. Pero él no podía, no sabía cómo cumplir su petición. Solo optó por abrazarla y dándole un tierno beso en la frente le dijo.

—Respira. Se fuerte. No sé cómo llevarte a casa devuelta. Solo puedo prometerte que estaré a tu lado. Que haré lo posible para que ellos te entiendan y ayudarte a cumplir tu destino.

Sabrina lo miró sorprendida. Ella solo le pedía que la sacara de allí, pero él le hablaba de cumplir su destino.

—Siempre quisimos ser súper héroes de niños. Ahora no es un simple juego Sabrina, es nuestra responsabilidad. Así que llora todo lo que necesites desahogar ahora, que no te vean así. Y ya no necesitas tus gafas, este es tu mundo. Tú eres fuerte, un dragoncito en estuche pequeño, lánzales fuego.

—No soy dragón, soy un Fénix —dijo secando sus lágrimas.

—Así se habla. Regresemos necesitas secarte. Estás empapada y me has usado de toalla ya por un buen rato.

Sabrina y Mathew voltearon para dirigirse al campamento cuando se encontraron con Body de frente.

—Solo quería ver que Sabrina se encontrara bien —mencionó el sieger.

—Pues ya lo ves, regresamos al... campa...

Mathew comenzó a marearse y colocó su mano sobre el hombro de Sabrina para sostenerse.

—Mat ¿Qué te pasa? —preguntó asustada.

—Me siento un poco mareado es to... do...

Mathew se desmayó y Body llegó hasta Sabrina para agarrarlo. Se lo echó al hombro como a un saco de patatas.

—Estaba en recuperación cuando salió a buscarte, solo necesita descansar.

En ese momento un resplandor de luz se presenció proveniente del campamento. Sabrina y Body se miraron y corrieron hacia esa dirección. Se había abierto un portal. Caleb y Amy corrieron en dirección al resplandor de luz. En el otro extremo del campamento entrando al bosque una espesa neblina se divisaba, igual que la primera vez que habían llegado a esa dimensión. Cinco figuras se comenzaban a hacer visibles de entre la neblina. Una mujer y cuatro hombres.

—Al fin, llegaron los príncipes de Égoreo —dijo Caleb con entusiasmo.

—¿Quiénes? —preguntó Sabrina que ya se encontraba tras ellos acompañada de Body quien cargaba a Mathew.

8

LOS PRÍNCIPES DE ÉGOREO

*R*ubí regresó a Égoreo en busca de los cuatro príncipes de los clanes. Caleb le había encomendado esa misión aunque no estuviera muy de acuerdo con ella. Mientras caminaba por el bosque recordaba la conversación que tuvo con Caleb la noche antes de partir.

—¿Qué sucede Caleb? —le había preguntado al sabio cuando lo observó sentado al lado de la fogata, con sus manos en la nuca haciendo un esfuerzo para pensar.

—Hola Rubí. Me temo que ha llegado el momento —dijo poniéndose de pie—. Debes buscar a los príncipes. Necesitamos que nos ayuden a entrenar al Fénix —mencionó con preocupación.

—¿Por qué la urgencia? —preguntó Rubí.

—La integridad de su magia ha sido alterada. El sieger intentó salvarla pero se ligó a ella.

—Caleb, no quiero obligar a mi hija a que pase por lo mismo que yo…

—Es la ley Rubí –enfatizó con autoridad. Luego suspiró en un gesto de impotencia al ver a Rubí sorprenderse ante su reacción—. La ley ha mantenido el equilibrio.

—El amor ha mantenido el equilibrio. Una ley tan absurda…

—No podemos cambiar la política de miles de años solo porque lo deseemos. Y ahora no es el tiempo. El unirla a uno de los príncipes le brindará la fuerza y estabilidad que necesita en estos momentos.

—Pero si ya está unida y Boadmyel es de sangre real.

—No lleva la marca, no es el elegido. Sabes que lo más que deseo es ver a Égoreo libre del Caos. Y aunque el regente es de mi clan, nunca confiamos en Claus.

—Lo sé —afirmó Rubí soltando un suspiro de impotencia.

—Ten paciencia y confía en mí. Nos conocemos de años, sabes que siempre he sido fiel a nuestra amistad. Solo intento cumplir la encomienda de Nathaniel y buscar dentro de todo que el Fénix despierte en ella. Es la única salida.

—De acuerdo. Iré por los príncipes.

Rubí regresó de su recuerdo y con mucha cautela siguió su camino a las tierras del norte.

La tierra de Égoreo se dividía en cuatro regiones dominada por cada clan. Las tierras del norte pertenecían a los Sabios. Su territorio tenía grandes lagos y sus casas siempre estaban al lado de un manantial o sobre ríos o lagunas. Rubí se allegó primero allí. Vistiendo una túnica verde llegó en su caballo a las puertas del palacio de Moab, líder del clan Gelehrt. El hermoso palacio parecía estar hecho de piedra caliza y cristal. A su izquierda se observaba una gran rueda que se movía con la corriente de un pequeño río que desembocaba en un hermoso lago. Las puertas se abrieron y un hombre de cabello canoso, alto y corpulento la recibió.

—¡Rubí!, Que el Creador sea contigo. Bienvenida a mi humilde morada.

—Gracias Moab. Que el Creador sea contigo. Tu palacio sigue siendo hermoso y majestuoso —contestó Rubí entrando junto a Moab.

—¿Que te trae por estas tierras? —preguntó.

—Solo vine a buscar unos potajes. Hay varios enfermos en otras aldeas.

—Sí, hemos atendidos varios aquí. En algunas aldeas es todo un caos.

Moab hizo un gesto a uno de sus ayudantes que fuera a buscar las yerbas, dándole una lista que le entregó Rubí.

—Temo por nuestros pueblos Moab —mencionó Rubí.

—Luego de la muerte del Fénix han pasado varios años sin noticias. Ni una marca, ni una señal. Gracias al cielo que Claus se ha quedado a cargo del trono.

—Tengo fe que el Creador nos enviará una respuesta.

—De ser así espero que Claus nos dé la noticia pronto. La desesperación ha comenzado a invadir las aldeas más vulnerables y el Caos no ha perdido tiempo en enfermar sus emociones y sus cuerpos —el ayudante trajo un bulto que contenía las yerbas curativas. Moab se lo entregó a Rubí con un semblante preocupado—. Que el Creador nos ilumine mi estimada amiga.

—Sí, yo también lo espero. Gracias Moab. Me retiro, están esperándome. Gracias por su hospitalidad.

—No hay de qué Rubí. Siempre eres bienvenida.

Rubí se retiró con una reverencia y se dirigió hacia la casa de la curandera donde el príncipe gelehrt, el hijo de Moab la esperaba. Tan pronto Rubí tocó a la puerta de la casa, un joven alto de una larga cabellera blanca y unos ojos intrigantes de color azul celeste le abrió para recibirla.

—¡Rubí! pensé que no vendrías —dijo el joven príncipe.

—Lo siento. No pensé que me tomara mucho tiempo el viaje — se disculpó Rubí entrando a la casa de la curandera.

—Descuida, cuando recibí el mensaje de Caleb no lo podía creer. Aunque nunca dejaría de creer en el Creador. Sabía que algo se avecinaba, pero no le dije nada a nadie como me fue encomendado.

—El Caos tiene secuaces por todas partes Harald —dijo Rubí mirando hacia su alrededor.

—Y Claus está tan ocupado y encerrado en el castillo que nadie puede verlo. Dicen que está en meditación. Solo espero que el Creador le dé el mensaje y salga de ahí —dijo Harald esperanzado. Su tío Claus siempre había sido un sabio terco, pero era fiel a las leyes. Si se encontraba en meditación como decían, pronto sabría la noticia. El problema era que muchos allegados de alto rango ya estaban comenzando a caer en manos del Caos y ya no se sabía quién era fiel o no en el castillo—. Cuando el Fénix esté listo, espero que lo rescate.

—El Fénix ha estado toda su vida en la Tierra. Así que no tiene control sobre su poder. Debemos darnos prisa.

—¿Cuándo nos vamos?

—Esta noche partiremos hacia el oeste.

—De acuerdo te veré en "La Cueva del Gran Sabio".

—Gracias por mantener en silencio la noticia.

—No tengo duda que hablas con la verdad Rubí ¡y luego que toda esta noticia viene de manos de Caleb! No se diga más, para eso fui marcado —dijo Harald retirándose.

Ya entrada la noche, Rubí pasó frente a La Cueva del Gran Sabio, una cabaña donde el pueblo llegaba a recrearse, tomar refrigerios y leer. Se podría asemejar a un Café de la Tierra. Harald llevaba un bulto y se cubría su cabeza con la capucha de su túnica blanca con detalles celestes. Rubí al divisarlo le hizo señas de que la siguiera y Harald se montó en su caballo. Ambos se adentraron al camino silenciosamente.

—¿Tamish nos acompañará? —preguntó Harald alcanzando a Rubí.

—No. Mi hijo no sabe de la existencia del Fénix —respondió Rubí en voz baja—. El… aún no supera la pérdida de su padre ni la de su hermana. Me sigue evadiendo.

—No quería decirte esto Rubí, pero… sus ojos están empezándole a cambiar. Su mirada se ha oscurecido.

Rubí se mantuvo serena aunque Harald observó una lágrima deslizarse por su mejilla mientras suspiraba profundamente.

—También noté lo de sus ojos la última vez que lo vi, pero no quiso escucharme —dijo en voz baja—. Está llevando una lucha en su interior. Solo espero que no gane la oscuridad.

—No te preocupes, lo recuperaremos. Tamish es más fuerte que eso. Una vez sepa del Fénix…

—No. Aún no, primero deben entrenar al Fénix. No hay mucho tiempo —interrumpió Rubí.

—De acuerdo, andando —Harald quedó pensativo pero no mencionó nada, solo avanzó en su caballo.

Rubí y Harald llegaron a las tierras del oeste. El hogar y clan de Rubí, los mächtig. Sus terrenos eran calientes ya que tenían dos volcanes en sus dominios. Uno dormido y el otro activo perfecto para forjar armas. De aquí salían los mejores herreros y guerreros de Égoreo.

—Tendrás que buscar a Einar tú solo. Tengo que delegar una noticia primero. Los veré en el volcán dormido al anochecer. Trata de descansar y comer bien —ordenó Rubí.

—Sí. No hay ningún problema —respondió Harald.

—Harald, no llames la atención. Sé discreto —mencionó Rubí retirándose en dirección contraria.

—Sé bien dónde encontrarlo —pensó el príncipe en voz alta.

Harald llegó a una cabaña donde se podía escuchar música y algarabía. Miró hacia donde se encontraba un letrero que se leía "El tesoro del Dragón" se bajó de su caballo y entró al lugar. En el interior había humo y hombres tomando en jarras de aluminio. Harald visualizó a un chico alto, esbelto, de cabello rojo y ojos verdes. Llevaba su cabello corto a los lados y un estilo despeinado pero a su vez le daba un aura de casanova. Tenía sentadas en sus piernas a dos chicas que estaba riendo a carcajadas.

—Vamos amor solo será un día. Volveré antes de que te des cuenta —dijo guiñando un ojo y mostrando su dentadura blanca y perfecta a la chica que tenía en sus piernas.

—Sí, siempre dices lo mismo dragoncito —respondió una de las chicas acariciándole el cabello.

—Solo será unos días lo prometo —dijo Einar tratando de aparentar tristeza.

—¿Sigues engañando a las señoritas con tus promesas vacías Einar? —interrumpió Harald luego de aclarar su garganta.

Einar elevó la mirada y al ver a un hombre encapuchado muy cerca de él se levantó bruscamente dejando caer a las mujeres quienes se fueron molestas por el cambio de actitud.

—¿Quién eres? Revélate —ordenó Einar agarrando su espada con un tono amenazante.

—Tranquilo amigo soy yo —dijo Harald bajando su capucha y descubriendo su rostro mientras pensaba "traté de ser discreto".

Einar al ver a Harald soltó su espada y lo agarró dándole un fuerte apretón y diciéndole.

—¡Harald mi hermano! ¿Cómo has estado? ¿Cómo te trata la vida? ¡Aunque veo qué bien! —dijo Einar sin soltar a Harald.

—Todo en orden. Pero tenemos que hablar en un lugar menos...

—Sí, vamos a mi hogar. ¡Ava! tráeme una botella para llevar, hoy tengo visita —gritó Einar interrumpiendo a Harald mientras se ponía su chaqueta.

Rubí llegó a la casa de Sarah, su amiga de la infancia. Una señora de cabello gris y mirada triste abrió la puerta recibiendo a Rubí.

—Minerva que el Creador sea contigo.

—Que el Creador sea contigo Rubí.

Rubí no pudo resistir la mirada de Minerva, la cual reflejaba una tristeza profunda y no le quedo más que bajar la cabeza. Sus ojos comenzaron a llenarse de lágrimas aunque estaba haciendo un gran esfuerzo por contenerse. La madre de Sarah la haló hacia ella envolviéndola en un abrazo que opacó el sonido del llanto de Rubí. Minerva también intentaba contener sus lágrimas. Luego de derramar su alma en sollozos se sentaron a dialogar. La casa de Minerva era acogedora aunque rústica, de una manera sencillamente hermosa. Todo estaba formado de baldosa y piedra labrada. Las casas de este clan se distinguían por este aspecto rústico.

—¿Sabes cómo... —Comenzó a preguntar Minerva sobre su hija Sarah.

—No, solo sé que fueron atacadas y ella protegió a mi hija y a Amy.

—Mi hija dio todo por la lealtad a su mundo y por nuestro futuro. No puedo estar más orgullosa, aunque me duela su partida —mencionó Minerva entre lágrimas.

—A ustedes les debo mi vida y la de mi hija. Sé que el Creador les bendecirá por su lealtad a Nathaniel —dijo Rubí.

—Nathaniel fue un gran rey. Y Claus hace lo que puede, pero

ciertamente no es el Fénix. Aunque siempre noté algo raro en ese gelehrt cuando servía en el castillo. Él es la opción que tenemos, por ahora.

—Gracias por guardar el secreto. Claus siempre anda acompañado y no podemos llevar el mensaje. Ya que hay traidores manipulados por el Caos cerca.

—Aún recuerdo esa batalla —dijo mostrando una cicatriz en su brazo resultado de un incendio.

—No has curado tú herida —observó Rubí.

—No quiero, no quiero olvidar. Muchos dieron la vida por Nathaniel, mi hija no merece que borre mi cicatriz. Quédate hoy Rubí, quisiera oír todo lo que sabes.

—No puedo quedarme por mucho. Hoy debo partir hacia el sur.

—Al menos quédate a cenar con nosotros.

—Gracias, lo haré.

En la casa de Einar, Harald leía un libro recostado de la pared mientras su amigo buscaba ropa haciendo un tiradero con lo que sacaba de un gran cajón.

—Nunca fuiste muy organizado mi amigo —mencionó Harald mirándolo de reojo mientras seguía leyendo.

—Algún día mi hermano, algún día —respondió Einar tirando ropa al suelo.

—Cualquiera diría que le huyes al matrimonio. ¿Para qué entonces te ofreciste en esta misión?

Einar sin sacar la cara del cajón le mostró su ante brazo, el cual tenía una marca en forma de dragón que le rodeaba.

—¿Esto contesta a tu pregunta?

—El ser marcado es una bendición Einar —dijo Harald observando su marca en forma de búho.

—No te he dicho que sea una maldición. Las mujeres del clan me persiguen. Aunque yo soy un galán con marca o sin ella.

—¿Qué pensará de ti el Fénix? —preguntó Harald haciendo un gesto de negación.

—Si sacó los atributos de Nathaniel podría considerar el casamiento.

—¿Qué? —reaccionó Harald cerrando de sopetón el libro que tenía en las manos.

—No sabemos quién es su madre, podría ser una ogro... — Harald lo miró seriamente y Einar comenzó a cambiar su tono de voz—, o... un hada, o una sieger fea... sabes a lo que me refiero.

—No tienes remedio Einar —dijo Harald en un suspiro moviendo su cabeza en negativa nuevamente.

—De acuerdo, piensa como quieras. Soy un casanova, pero si esta marca es más que una unión, estoy dispuesto a dar mi vida por Égoreo.

—De eso no tengo la menor duda hermano.

—¿A dónde iremos ahora?

—Al sur, buscaremos a Andrew.

—¿El elfo?, No imagino a un zauberer con el Fénix.

—¿Un zauberer?, Acabas de decir hace un momento...

—Sí, sé lo que dije.

—Bueno. No te engañes Einar. Andrew puede hacerte la competencia. Los elfos pueden ser encantadores si se lo proponen.

—Lo sé, los elementales también tienen su magia. Pero yo tengo la mía.

—Conquistar un amor jamás se puede lograr con magia externa. El amor...

—"... de por sí es una magia poderosa. Un hechizo que convoque al amor siempre terminará mal" —dijo Einar coreando a Harald—. Lo sé, a pesar que parezca lo contrario sí puse atención en clases.

—Bien, termina de empacar.

Einar levantó una bolsa enorme llena de cosas, la lanzó al aire y dio un chasquido con sus dedos. El enorme bulto se volvió uno diminuto el cual amarró a su cinturón de cuero. Harald miró de arriba abajo a Einar que llevaba unas botas altas hasta sus rodillas, una chaqueta de cuero sin mangas cuyo cuello lo llevaba levantado. Su camisa de manga larga se veía de una tela de alta costura.

—¿Por qué pones esa cara? Tú llevas tu túnica más elegante, yo debo resaltar mis encantos —dijo Einar terminando de ponerse unos brazaletes de cuero en sus muñecas.

Pasando por el volcán dormido Einar y Harald se encontraron con Rubí quien mantuvo su rostro cubierto con una capucha, hasta que vio a Einar y Harald llegar.

—Debiste haberme dicho que la capucha era un requisito —mencionó Einar a Harald.

—Por lo visto no has perdido tu humor Einar. Sigues buscándole el lado gracioso a todo —dijo Rubí al oírlo.

Einar se posó derecho y seriamente le dijo a Rubí.

—No madame. Eso es parte de mi encanto —dijo la segunda oración de manera más cordial guiñándole un ojo a Rubí lo que le costó un codazo de Harald—. ¿Qué? —reprochó.

Rubí puso sus ojos en blanco, se colocó de nuevo su capucha y partieron en caballo hacia las tierras del sur mientras Einar hacía aparecer una capucha también para él.

Las tierras del sur eran las más fértiles de Égoreo. Los zauberer eran conocidos como los elementales. Todas las criaturas que en nuestro mundo vemos como mágicos, gnomos, duendes, hadas, banshee, pertenecen a este clan. Un zauberer era el mejor ejemplo de la ley universal de los opuestos. Esta ley mutable, así como ellos podían ser naturales y fieles, también podían ser arrastrados por el mal. Y cuando se dejaban consumir por él, cambiaban de aspecto como los frutos de un árbol que empiezan a descomponerse.

—Rubí perdone mi rudeza, pero ¿por qué no nos transportamos? Haríamos mejor tiempo —preguntó Einar cabalgando al lado de Harald.

—No podemos. Seríamos rastreados por los poseídos —respondió Rubí.

—Einar, por si no te habías dado cuenta estamos en una misión secreta —dijo Harald sonriendo y tirándole su cantimplora.

—Sí. Sé que es una misión secreta. Solo preguntaba porque corremos en contra del tiempo —dijo Einar cachando la cantimplora y tomando de ella.

—Todos los movimientos de portales sean dentro o fuera de Égoreo están siendo monitoreados por los sabios del palacio —dijo Harald.

—Entonces ¿cómo entraste Rubí? —preguntó Einar—. Ya Claus

sabría del Fénix... y ellos también —dijo entendiendo el peligro de ser rastreados.

—Caleb tiene una forma especial de hacernos entrar y salir indetectables —respondió Rubí.

—Wow el gran sabio Caleb. Nunca deja de sorprenderme —dijo con orgullo Harald.

Rubí frenó su caballo de golpe haciéndole gesto a los chicos de que retrocedieran.

—Alguien viene y no es de los nuestro. Puedo sentir su aura —dijo Rubí bajándose de su caballo y escondiéndose en los arbustos.

—Aún me sorprende esa habilidad suya madame. Si todos la poseyéramos el caos sería más fácil de detener —dijo Einar sonriendo a Rubí—. Harald, protege a Rubí —dijo Einar sacando sus espadas

Harald creó una especie de burbuja envolviéndolos a todos y a sus caballos. Quedándose inmóviles por unos segundos, de repente aparecieron tres figuras que desde la burbuja no se veían con claridad. Rubí podía ver en esas figuras auras negras a su alrededor.

—¿Estás seguro que tomaron este camino? —preguntó uno de las figura con voz gruesa.

—Sí estoy seguro. La chica del mächtig dijo que lo buscó un gelehrt, tienen que estar reuniéndose.

Rubí miró seriamente a Harald y éste miró a Einar que se estrujó el rostro con su mano. Einar no podía creer que fuera delatado por una de sus conquistas.

—No podemos permitir que se lleven al joven príncipe —dijo uno.

—Búscalos e infórmale a la mächtig que si tiene más información le será bien recompensada.

Las tres figuras siguieron su camino sin ver a nadie. Harald y Einar disiparon la burbuja que los protegía al cerciorarse que el enemigo ya no estuviera cerca.

—Tenemos que apresurarnos. Ya saben que los estoy buscando —dijo Rubí montando su caballo y emprendiendo al camino.

—Vámonos Einar. Tenemos que llegar con Andrew antes que ellos —dijo Harald montando su caballo.

—Sí, lo sé —respondió Einar ya cabalgando.

Rubí cabalgaba a toda prisa pues tenía un mal presentimiento. Sabía que algo se avecinaba y se sentía inquieta. Tras ella, Harald y Einar estaban a todo galope. Frente a ellos se hizo visible la frontera donde comenzaban las tierras de los zauberer. Rubí se detuvo y se acercó a Harald.

—Necesito que me camuflajes. Ustedes también, nadie puede saber que estamos aquí —dijo Rubí bajando de su caballo.

—De acuerdo. No se mueva —dijo Harald haciendo un movimiento con sus manos y cambiando el aspecto de Rubí. Ahora parecía una adolescente con el cabello rubio corto y ojos azules.

—Grandioso tendré que ocultar toda mi hermosura —dijo Einar riendo y cambiando su apariencia a un hombre mayor de barba y bigote color negro.

—Podrías ser un poco modesto. No todos te encuentran hermoso. Deberías escuchar lo que hablan a tu espalda —dijo Harald cambiando de apariencia a un niño pequeño de cabello marrón y pecas en su rostro. Dio otro chasquido con sus dedos y convirtió su caballo en un gato.

—¿Qué? ¿Quién?... —dijo Einar en una voz grave. Cuando Rubí lo interrumpió callándolo a los dos.

—¡Basta! No tenemos tiempo. Tenemos que buscar a Andrew lo antes posible. Así que en marcha.

Harald y Einar se miraron y bajaron la mirada diciendo a la vez. "Sí madame". Pasaron por un campo extenso de flores hermosas donde las hadas trabajaban. Ayudaban a las abejas y a las mariposas a polinizar todos los campos. Einar montaba el caballo junto a Harald que tenía en sus brazos al gato. Rubí montaba el otro caballo. Mientras pasaban por el campo de flores las hadas se les quedaban mirando.

—Nunca había venido a las tierras del sur. Ya sé de dónde mi madre adquiere las flores que adornan la casa —dijo Einar.

—Abuelo, la bisabuela ya partió con el Creador —dijo Harald tratando de que Einar siguiera su papel.

—¿Abuelo? Soy... —vio la mirada insistente de Harald y Rubí
—, ...tu tío abuelo mocoso. Déjame recordar los bellos días de mi
infancia.

—Tenemos que llegar a los bosques para buscar las frutas y las
bellotas para el pastelero abuelito —dijo Rubí a lo que Einar miró a
la ahora niña y le dijo.

—Cierto, cierto. La próxima vez le digo que venga él mismo. Ya
estoy viejo para estos viajes.

Continuaron su camino por campos de calabazas, sandías y
viñedos. Ciertamente las tierras del sur eran un espectáculo mara-
villoso. Comenzaban a llegar al bosque de apariencia tropical
donde había árboles frutales y de exquisita madera. Las casas de
los elfos eran hermosos complejos labrados entre el bosque y la
montaña contigua. En medio de ellas se encontraba una mansión.
Columnas hermosas labradas y el musgo que crecía entre las
piedras de montaña le daba una apariencia mística al lugar. Flores
hermosas de colores adornaban las paredes. Una hermosa elfo
salió a recibirlos. Su cabello negro y sedoso que pasaban de su
cadera lo adornaba con una corona de flores que combinaban con
sus ojos grandes y rosados. Su piel era cobriza como la de un indio.
Su vestido largo y delicado se movía con su caminar y le hacía
aparentar que flotaba mientras caminaba. Einar se había quedado
sin aliento ante la figura de la dama.

—Me indicaron que vienen por las bellotas y nueces para el
panadero —dijo la elfo con una voz sutil y cautivadora.

—Sí milady. Las más finas y más exquisitas dignas de la realeza
–dijo Einar.

—Pasen —dijo la dama elfo.

Einar, Harald y Rubí comenzaron a entrar pero a su vez
sintieron que la mujer elfo les hablaba por telepatía. "No hagan
ningún movimiento extraño y síganme. Ellos están aquí". Rubí y
sus acompañantes asintieron con la cabeza y llegaron hasta un
almacén de granos donde la elfo les entregó varios sacos de lo que
habían pedido.

—Ha habido buena recolección de trufas este año. Si pasan con
los gnomos pueden llevar también. Las trufas son un elemento

indispensable para la alta cocina. Y siempre estarán dispuestos a canjear por la hermosa joyería que hacen las damas mächtig.

—Gracias milady, así haremos —dijo Rubí.

—Vamos niños, por las trufas —dijo Einar.

De camino al territorio de gnomos comenzaron a observar varios árboles enfermos. El colorido de las hojas era opaco, se caían y en algunos ya se observaban ramas muertas.

—Los árboles comienzan a enfermarse —mencionó Harald

—Espero que los gnomos tengan la trufa que buscamos —dijo Rubí.

—¿Esa trufa...es "la trufa"? —preguntó Einar comprendiendo que la conversación anterior se refería al paradero del príncipe zauberer.

—Sí, el panadero se pondrá contento —dijo Rubí entre dientes.

Llegaron hasta una parte del bosque donde había unos árboles viejos y grandes en busca del príncipe zauberer. Una hada se acercó a Einar sorprendiéndolo y este le tiró una guiñada. El hada se alejó con aparente urgencia. Era diferente a las que vieron en el campo de flores, su vestido parecía madera vieja y sus orejas largas se habían curvado al final, pero lo más que le intrigó al mächtig fueron sus ojos completamente negros como la noche. Rubí y Harald estaban tocando una puerta enorme a la raíz del árbol gigantesco cuando el hada se había acercado. Abrieron la puerta y un gnomo bastante anciano los recibió. Rubí y Harald comenzaron a entrar y se voltearon para llamar a Einar que estaba distraído.

—¿Qué sucede abuelo? Entremos.

—Ah sí, claro.

—¿Viste algo? —preguntó Harald.

—Sólo un hada.

Al pasar por las puertas pequeñas tuvieron que bajar la cabeza y luego entraron por pasadizos de raíces hasta llegar a un enorme salón bajo tierra. Las paredes cubiertas de raíces estaban adornadas con piedras semipreciosas y joyería fina labrada por los mächtig. En una esquina del salón un joven elfo se levantó de una silla para saludarlos. Aquel elfo era alto de cabello marrón lacio y corto levantado en sus esquinas. Sus ojos azules como aguamarina y su piel bronceada. Llevaba un uniforme de guerrero, negro, rojo y dorado. Sus brazos lo cubrían escudos de madera y sus botas largas también llevaban protección.

—Me alegra que hayan captado el mensaje de mi hermana Rose —dijo Andrew—. Aquí estarán protegidos pueden revelar su identidad.

Harald y Einar miraron a Rubí quien afirmó con su cabeza y saludaron de manera cordial al príncipe transformándose.

—Nos advirtió por telepatía sobre los poseídos —dijo Rubí.

—Sí, algunos miembros de mi clan ya han sido infectados por el Caos. Aunque no sabemos su procedencia ni quien es la fuente —dijo Andrew.

—Está pasando en todos los clanes Andrew —dijo Harald—. Sus ojos se llenan de oscuridad y es reflejo de cómo se va perdiendo su alma.

—Rayos, "Los ojos son el reflejo del alma", como es que soy tan iluso en algunas cosas —dijo Einar interrumpiendo.

—¿Ahora te das cuenta? —dijo Harald.

—No es eso. Cuando tocaron la puerta del tronco un hada se me acercó —dijo Einar.

—¿Y?, nos lo dijiste.

—Sus ojos estaban completamente negros, su vestido parecía árbol seco y sus alas estaban negras y azules. Pensé que era otra raza de hadas pero ahora que lo pienso…

—… estaba poseída —culminó Andrew.

—Ya sabrán que estamos aquí. Hay que apresurarnos y salir. Andrew ¿habrá otra salida? —pregunta Rubí.

—Sí, pero de seguro si nos descubrieron nos esperarán allí —respondió Andrew.

El príncipe zauberer creó de sus manos una esfera de neblina a la cual comenzó a susurrarle en secreto. La esfera se elevó y se desvaneció dejando correr la neblina por las raíces del árbol hasta desaparecer.

—Si los poseídos no han recibido el mensaje del hada, mi hermana hará todo lo posible para retrasarlos —dijo Andrew.

—No por mucho supongo —respondió Harald.

—Tendremos que abrirnos paso para salir de aquí entonces – dijo Einar haciendo aparecer sus espadas.

—Síganme, tengo una idea —dijo Andrew.

Las raíces de una de las paredes comenzaron a moverse haciendo aparecer una puerta. Andrew abrió la misma revelando un túnel cuyas paredes eran formadas por raíces y musgo.

—Por aquí saldremos hacia el bosque. Pero de seguro nos estarán esperando —dijo Andrew.

—Es la mejor opción, así que vamos —dijo Rubí entrando por la puerta.

El túnel los llevó directamente al bosque. Cuando se acercaron a la salida pudieron escuchar al enemigo. Inmediatamente las manos de Harald se iluminaron y de ellas apareció un báculo azul con una piedra blanca en su extremo superior. Einar ya tenía sus espadas llameantes en manos y Andrew hizo aparecer un arco enorme con detalles en oro y cuyas flechas parecían ramas entrelazadas con una punta dorada. Harald miró a Rubí y la cubrió con su espalda, luego dirigió su mirada a Einar y le hizo una señal con su cabeza. Una gran ola de poder salió de golpe derribando la salida. Un orco quedó clavado en otro árbol al salir disparado con la explosión. Cuatro poseídos prepararon sus espadas rodeando la salida que estaba tapada por la humareda. Había silencio y confusión entre los poseídos. De entre el humo salió una flecha dorada que terminó en el pecho de un mächtig poseído haciéndolo desaparecer en cenizas. Einar con sus dos espadas en fuego salió tras la flecha y comenzó a luchar con otro orco.

—¡Rubí no te alejes de Harald! —gritó Andrew luchando con un orco luego de aparecer una gran espada dorada.

—¡Cuidado! —gritó Rubí al ver que uno de los poseídos se lanzaba hacia Harald. La banshee poseída chocó a poca distancia cuando éste creó un campo de fuerza con su báculo.

—No te preocupes Rubí, mientras no te alejes de mí estarás segura —dijo Harald intensificando el campo de fuerza alrededor de ellos.

Andrew estaba luchando con un elfo poseído y cruzó su espada con la de él llevándolo contra un árbol. La cercanía entre ellos le hizo observar sus ojos a los cuales aún le quedaba un brillo del pasado. Andrew reconoció a aquella criatura frente a él. Lo había visto desde niño y jamás pensó que ese elfo a quien admiraba hubiera sido tentado por el Caos a tal punto de casi perder su alma. Aquel orco frente a él era su maestro y cuidador desde que había nacido hasta que había dejado sus tierras para entrenarse en el centro de Égoreo. Andrew estaba atónito y no podía moverse.

—Andrew ¿Qué pasa? —gritó Einar.

—No puedo, aún no ha perdido su alma. Está luchando en su interior.

—¡Solo derríbalo! —dijo el mächtig.

Andrew le dio un fuerte cabezazo lo cual atontó al orco y luego con la empuñadura de su espada terminó dejándolo inconsciente en el suelo. Con un movimiento de sus manos hizo que el orco fuera arrastrado por raíces hacia el interior del túnel y luego la salida del mismo desapareció. Einar silbó y los caballos aparecieron. El enemigo, que habían sido enviado a ellos, se habían desvanecido. Andrew volvió a formar la esfera de neblina y mandó otro mensaje.

—Mi familia se encargará de Jonás, espero puedan rescatar su alma —dijo Andrew.

—Todavía lucha en su interior, tiene esperanzas —mencionó Rubí.

—Debemos darnos prisa. Nuestra misión ya no es secreta. Mandarán más poseídos por nosotros —dijo Harald montando su caballo.

—¿Montarás con uno de nosotros? —preguntó Rubí a Andrew.

—No, mi corcel está tras esos árboles.

Tras los árboles apareció un hermoso unicornio blanco. Su cabello sedoso brillaba con los rayos de sol que se filtraban por las ramas de los árboles. Aquella majestuosa bestia dejó boquiabiertos a los demás.

—¿A esto te referías con los "encantos" de los elfos? —preguntó Einar a Harald quien se encogió de hombros.

A todo galope salieron de las tierras del sur dirigiéndose hacia el este, tierra de los siegers. Este clan eran los ganaderos, pastores de ovejas y cuidadores de caballos. Tan pronto salieron del territorio zauberer el panorama se comenzaba a observar más lúgubre. Había ganado muerto, las tierras estaban como si hubiese una gran sequía.

—Esto es peor de lo que me imaginaba —dijo Harald.

—El Caos está consumiendo a Égoreo poco a poco —dijo Rubí con tristeza.

—¿Por qué Claus no hace algo? —preguntó Einar.

—A como vemos las cosas, tengo un mal presentimiento. Espero que Claus siga con vida —dijo Harald.

—No podemos desmayar ni tener miedo porque ellos se alimentan de eso. Recuérdenlo —dijo Rubí.

—Pues revístanse de valor porque ahí vienen otro grupo a nuestro ataque —advirtió Einar.

Cabalgando unos corceles negros y esqueléticos se acercaba un grupo de poseídos. Einar hizo aparecer sus espadas nuevamente y Harald su báculo. Andrew apareció su arco y flechas y se colocó en defensa de Rubí.

—Protégela —dijo Harald a Andrew.

—Por favor miren bien sus ojos. Sientan con el corazón. Si queda algo de alma en ellos, no podemos matarlos —suplicó Andrew.

—Lo sabemos, no permitas que nada le pase a Rubí —gritó Einar dirigiéndose hacia los poseídos.

Andrew lanzaba flechas a distancia protegiendo a su espalda a Rubí, cuando algo inesperado sucedió; Rubí fue arrebatada hacia el aire por un sieger. Al oír el grito no pudo hacer mucho. Intentó lanzar una flecha pero el sieger la desvió con sus alas. Rubí levantó la vista y observó que ese sieger estaba poseído, sus alas estaban maltrechas y su piel se veía cenizosa dejando ver por su cuello y rostro venas de color morado intenso. Aquel sieger bajó la vista para observar a Rubí y sonrió mostrando unos ojos completamente negros. En el suelo, Andrew le gritó a Harald quien intentaba lanzar un rayo con su báculo pero el sieger se elevó aún más. Rubí estaba comenzando a asustarse, lo que el sieger poseído disfrutaba y respiraba como si se alimentara, hasta que una espada le atravesó el cuello dejándolo hecho cenizas en pleno vuelo. Rubí comenzó a caer pero otro sieger la tomó en los brazos y la llevó donde Andrew. "No la pierdas de vista zauberer" dijo aquel sieger de alas blancas y cabello dorado. Con su enorme lanza espada se unió a la lucha de Einar y Harald contra la compañía de poseídos. La batalla no duró mucho, la tenacidad de estos cuatro guerreros era de admirar. Los poseídos en poco tiempo eran cenizas esparcidas por el viento. Todos se reunieron en medio de lo que fue su campo de batalla. El sieger hizo desaparecer su lanza espada y se acercó a ellos extendiendo su mano.

—Hola. No ha sido una gran bienvenida como pueden ver, pero... bienvenidos a las tierras del este.

Harald lo saludó cortésmente, mientras que Einar se acercó agarrándole la mano y dándole una palmada fuerte en el hombro.

—Wow, ni en el entrenamiento vi a un sieger luchar así. Eres genial hermano —expresó Einar.

—Ustedes son muy buenos también. Mi nombre es Elizael, príncipe de los sieger.

—Para habernos encontrado aquí, significa que a ti también te buscaban —dijo Andrew.

El príncipe sieger comenzó a narrar lo que había acontecido en su hogar y lo que lo llevó hasta encontrarse con ellos. En las tierras del este, la casa de la familia de Elizael era una hacienda enorme. Ellos eran criadores de caballos y ganados. El padre de la familia había servido al reino por muchos años con los caballos reales y aún lo continuaban haciendo. Elizael había ido al centro de Égoreo muchas veces y había recorrido los pasillos del castillo con su padre en compañía de los sabios y los shützend que protegían al rey. Desde la muerte de Nathaniel el pueblo estaba en desconcierto, pero Claus les daba ánimos en que todo iba a mejorar. Su padre siempre se había mantenido positivo hasta hace varios meses. No lo había visto con frecuencia. Los guardias del rancho no le daban mucha información y eso lo hacía especular si la enfermedad que se rumoraban estaba esparciéndose por el reino había tocado a su padre.

—Empecé a notar que algo andaba mal. Hace varios días los

guardias de mi padre comenzaron a seguirme. Cuando por fin pude arreglármelas para ver a mi padre noté algo en sus ojos. Le estaban cambiando. Traté de hablar con él pero no quiso escuchar.

—Está pasando en todos los clanes —expresó Andrew con tristeza.

—Sí, lo sé. Cuando escuché uno de los guardias decir "No podemos dejar que se lo lleven" supe que hablaban de mí. Así que decidí ir en busca de ustedes.

—Rubí ya que estamos todos. ¿Cuándo nos vamos? Quisiera conocer al Fénix —dijo Einar con expectación en su voz.

—Hablando del Fénix... —dijo Rubí y todos le prestaron atención.

—Sí ¿qué hay con ella? —preguntó Harald.

—Ella ha sido criada en la Tierra sin ningún conocimiento sobre Égoreo y sus costumbres. Así que les pido que le tengan paciencia. Está aprendiendo, pero aún no sabe el por qué van ustedes. Solo sabe que la van a ayudar con su magia —dijo mirándolos fijamente a todos.

—¿Qué? ¿Cómo? —preguntó Harald.

—¡Esto es imposible pero cómo no le han dicho! —exclamó Andrew sorprendido.

—Wow, esto hace el cortejo más difícil —dijo Einar.

—¿Tienes miedo de la competencia Einar? Creo que esto lo hará más interesante —dijo Elizael sonriendo.

—Calma jóvenes lo sé, pero les pido paciencia, no un milagro —dijo Rubí cruzándose de brazos.

—Pero ¿Por qué no le han dicho? —preguntó Harald.

—Es complicado...

—Nada es fácil en la vida. Pero ya debería saberlo... —dijo Andrew interrumpiendo a Rubí.

—Ella no está preparada —Rubí alzó la voz.

—Estamos en guerra. Necesitamos al Fénix —dijo Einar.

—¿Por qué la defiendes tanto? —preguntó Elizael con suspicacia.

Todos estaban hablando a la vez y Rubí gritó en desesperación.

—¡El Fénix es mi hija!

Todos quedaron callados con sus ojos abiertos en notable asombro. Solo quedó un silencio incómodo hasta que escucharon el relinche y galope de caballos acercándose.

—Hablaremos de esto con Caleb. Ahora tenemos que irnos —dijo Rubí alejándose.

—De acuerdo y ahora ¿a dónde? —preguntó Harald.

Rubí sacó de un bolso una esfera blanca y susurrándole la tiró contra el suelo. La esfera cayó rompiéndose dejando correr una neblina que fue subiendo formando un círculo cuyo centro era como agua en movimiento. Así Rubí hizo aparecer el portal que los llevaría hasta el Fénix.

—Vamos rápido —ordenó Rubí pasando por el portal.

Harald, Andrew, Einar y Elizael se miraron y siguieron a Rubí traspasando el portal.

9

EL FUEGO INTERIOR

*U*n resplandor de luz se presenció proveniente del campamento Caleb y Amy corrieron hacia el. Mientras, donde se encontraba Sabrina y Body al presenciar el destello de luz se miraron y corrieron hacia esa dirección. Se había abierto un portal. En el otro extremo del campamento entrando al bosque una espesa neblina se divisaba, igual que la primera vez que habían llegado a esa dimensión. Cinco figuras se comenzaban a hacer visibles de entre la neblina. Una mujer y cuatro hombres.

—¡Al fin!, llegaron los príncipes de Égoreo —dijo Caleb con entusiasmo.

—¿Quiénes? —preguntó Sabrina que ya se encontraba tras ellos acompañada de Body quien cargaba a Mathew en el hombro.

Las siluetas fueron aclarándose hasta revelar a Rubí acompañada a su derecha de Einar y Harald. A su izquierda estaban Andrew y Elizael. Body al ver que Sabrina se encontraba mojada se colocó frente a ella y con un chasquido de sus dedos la dejó seca y presentable. Sabrina se miró, e incrédula, pero a su vez enojada miró a Body y lo fulminó con la mirada. Hacía unos días había utilizado sus alas para secarla y la había dejado llena de hojas y tierra. Ahora con tan solo el chasquido de sus dedos la había secado y dejado presentable para los invitados. No había la menor duda que esa noche lo había hecho con toda la intención de desquitarse. Body se sonrió guiñándole un ojo.

—Bienvenidos príncipes —saludó Caleb haciendo una reverencia—. Asumo que estarán cansados y hambrientos.

—Sip, tiene toda la razón —contestó Einar.

Harald le dio un codazo y saludó cordialmente al sabio con una inclinación de cabeza.

—Muchas gracias por su hospitalidad. Es un honor servir a su lado gran sabio Caleb.

—Solo llámeme Caleb.

—Entonces solicitaré el mismo trato, llámeme Harald.

Sabrina que estaba al lado de Body le dijo en voz baja.

—¿Es en serio?, ¿Y a mí no puede llamarme Sabrina? ¡Nooo!, ¡para él, soy el Fénix!

Caleb oyó lo que Sabrina murmuró y aclaró su garganta haciendo que Body respirara hondo en un acto de impotencia por la vergüenza ajena.

—Permítanme presentarles la razón por la que han llegado hasta aquí —dijo Caleb presentando con su mano a Sabrina quien denotó sorpresa y vergüenza en su rostro al darse cuenta que el sabio la había escuchado—. ¡Ella es el Fénix!

Todos los príncipes se acercaron y comenzaron a presentarse formalmente. Harald hizo una inclinación y al erguirse le dijo:

—Mi nombre es Harald del clan de los gelehrt. Un honor milady.

—Soy Einar de los mächtig —dijo tomando la mano de Sabrina dándole un beso mientras le guiñaba un ojo.

—Hola —dijo Sabrina tímidamente sacando su mano.

El príncipe elfo se acercó e hizo aparecer una hermosa rosa de sus manos y se la entregó a Sabrina haciendo una reverencia.

—Un humilde obsequio de mis tierras su majestad. Soy Andrew, príncipe del clan zauberer.

Sabrina tomó la rosa pero al escuchar a Andrew decir "clan zauberer" se detuvo y la rosa comenzó a temblar en sus manos.

—¿za... zauberer? —preguntó con temor en su voz buscando sus gafas por instinto en su camisa, al no encontrarlas solo opto por agarrarla.

Andrew no entendía la reacción del Fénix. ¿Por qué actuaba como si temiera con tan sólo haber mencionado su clan? Body se acercó al sentir el temor en Sabrina y Amy se colocó al lado de ella explicándole al príncipe elfo el porqué de su reacción.

—Joven príncipe, no tome su reacción como una ofensa por favor. Varios orcos nos atacaron en la Tierra, cuando aún no se había revelado quién era. Fueron enviados por el Caos.

—Entiendo. Le ruego que acepte las disculpas en nombre de mi clan, pero debo aclarar, que todo el que es poseído por el Caos va cambiando su apariencia también. Lo único que en mi clan, es más notable. Le pido que esté confiada que mi clan goza también de criaturas hermosas dignas de los cuentos de hadas que narran en su mundo. Si me permite, espero poder demostrarle la hermosa magia que poseemos mientras le ayude con su entrenamiento.

—Claro, disculpa mi ignorancia, no quise de ninguna manera ofender a su clan —respondió Sabrina con tranquilidad.

—Para nada milady. Será un honor hacer que nos logre ver como somos y le aseguro que hasta podría enamorarse.

Einar estornudó fuertemente mientras decía "Tramposo" disimulado del estornudo a lo que Harald volvió a darle un codazo, esta vez en su estómago. El último de los príncipes se acercó a ella. Sabrina quedó impresionada ante la presencia de todos, pero al ver a Elizael pensaba que había entrado al Valhalla. Aquel príncipe sieger de gran apariencia corpulenta, tenía cabellos dorados que le llegaban a sus hombros, sus ojos color turquesa y la sombra de barba en su rostro le daba la apariencia del hijo de Odín. Por eso la primera impresión de Sabrina al verlo fue decir en un susurro "¡Por Orín, Thor es real!" Elizael, erguido y con sus alas enormes extendidas se colocó en una rodilla al estar frente a Sabrina.

—Mi nombre es Elizael, soy del clan sieger madame. A sus órdenes —dijo tomando su mano dándole un beso.

Sabrina orgullosamente le permitió su mano mientras miraba

de reojo a Body y le hacía una expresión moviendo en silencio los labios: "¿Ves? Aprende de él." Elizael se puso de pie y observó a Body quien lo miraba fijamente erguido y tenso. El príncipe sieger sonrió diciéndole: "Hola hermano. Me alegra verte con vida".

—Hola Elizael —respondió Body sin mucho entusiasmo.

—¿Cazaste a un humano? —preguntó señalando a Mathew que seguía en su hombro.

Body se había olvidado por un segundo que llevaba en sus hombros un peso extra. Mathew comenzó a hacer ruidos estando inconsciente. Caleb se acercó y haciendo un movimiento de manos lo hizo desaparecer.

—Estará en la cabaña descansando —dijo el sabio en dirección a Sabrina.

Elizael le dio un abrazo a Body y una palmada en el hombro. Sabrina no podía creer lo que oía. ¿Acaso le llamaba hermano por ser del mismo clan o en verdad eran hermanos? No, no podía ser que fueran hermanos de sangre, no. Lo más seguro estaba confundiendo las cosas.

—¿Cómo está nuestro padre? —preguntó Body.

Ahora era más que seguro que eran hermanos de sangre. Sabrina sentía que estaba en medio de una de telenovela.

—Tenemos que hablar de eso, pero será más tarde —dijo Elizael seriamente.

Tras la respuesta de su hermano, Body comenzó a temer en su corazón por lo que oiría de él. Cuando se preparó para esta misión se había despedido de su familia dejándolos con la idea que lo más seguro no volverían a verlo. El tener a su hermano mayor de frente lo hacía sentir pequeño. Sabrina sentía como si su corazón se encogiera. Observó a ambos hermanos y pensó que era por la tensión del momento, por eso se sentía como si estuviera en medio de una telenovela. Caleb interrumpió y dando dos aplausos dijo.

—Bueno caballeros vayamos al campamento.

—Damas primero —dijo Einar permitiendo pasar a Rubí, Amy y Sabrina.

Rubí se acercó a Sabrina y le preguntó.

—¿Cómo va tu entrenamiento?

—Estoy mejorando poco a poco. ¿Usted estaba en busca de los príncipes?

—Sí.

—Pensé que había regresado a su casa luego de lo que le dije.

—No te preocupes, tienes toda la razón en lo que me dijiste. Hubo muchas razones para que salieran así las cosas, pero en otro momento te lo contaré. Ahora concéntrate en tu entrenamiento.

—Gracias.

—¿Qué sucedió con el joven humano? —preguntó Rubí.

—Estábamos entrenando y lo lastimé —respondió cabizbaja.

—Estás fortaleciéndote entonces —dijo Rubí admirada.

Llegaron hasta el campamento y Sabrina, Body y Amy fueron a ver el estado de Mathew quien se encontraba roncando en una cama.

—No sé si sentir vergüenza ajena por él —mencionó Body observándolo con los brazos cruzados a su pecho.

—¿Vergüenza por qué? —preguntó Sabrina.

—Míralo nada más, podría caber un enjambre de abejas por esa boca. A veces mi primo me da…

—No son familia, ¿Lo olvidas sieger? —dijo seriamente Amy.

Body bajó los brazos y se puso derecho.

—Lo sé. Solo que…

—Dejémoslo descansar y vayamos a comer —interrumpió Amy retirándose.

Body miró a Sabrina que se encogió de hombros y salió tras Amy. Volvió a mirar a Mathew y pensó en voz alta. "No somos familia aunque ahora desearía lo contrario". Body salió del cuarto y Mathew abrió los ojos observando al sieger salir, se volteó de lado y siguió durmiendo.

Caleb llamó a Rubí para comenzar a repartir la cena, pero Sabrina y Amy se miraron y llegaron hasta donde estaba la comida.

—Rubí acaba de llegar del viaje, permíteme servir los alimentos padre —dijo Amy a Caleb.

Caleb permitió que su hija se encargara de la comida. Sabrina se acercó a Amy para ayudar.

—No es necesario que haga esto —dijo Amy con una formalidad incómoda a Sabrina.

—¿Por qué sigues con esa cara de double man?

—¿Cómo?

—¿Qué sucede?

—Nada, solo pongo en claro nuestras posiciones.

—Tú y yo no somos familia, ya me lo dejaste claro, sin embargo para mí sigues siendo mi hermana.

Amy se volteó asombrada al oír a Sabrina. Recordó las palabras de Body esa noche "Ahora lo más que necesita es de las personas allegadas a ella para que su mente internalice todo lo que está pasando. No es fácil cambiar la vida de la noche a la mañana. Yo solo la conocí por meses mientras tú la conociste toda su vida. Deberías más que nadie saber cómo se siente". Amy le brindó una mirada de nostalgia y sonrió.

—Gracias.

Mientras los príncipes comían Einar no perdió la oportunidad para dejar claro que Andrew se había adelantado al cortejo al insinuar lo de "enamorarse".

—Sólo fue un dicho como cualquier otro, trato de resaltar los encantos de mi clan —explicó el príncipe elfo.

—Resaltar los encantos, sí claro —dijo Einar sarcásticamente.

—Tú no te quedas atrás Einar, le diste un beso en la mano —dijo Harald.

—¡Oye, oye no puedes pedir que vaya en contra de mi naturaleza! Es mi manera de presentarme ante cualquier dama —dijo el mächtig sentándose y colocando sus manos tras su cuello. Se enderezó de golpe señalando a Elizael—. Además él hizo lo mismo —dijo en son de reproche pero inmediatamente sonrió en complicidad—. Le añadiste la rodilla, muy astuto.

Elizael se encogió de hombros y se recostó de la pared de la cabaña cruzando sus brazos.

—Ya oyeron a Rubí. Ella no sabe nada de nuestras costumbres, así que apeguémonos a las reglas —dijo Harald.

—No veo por qué no podamos hacer nuestro mejor intento mientras la entrenamos —propuso Elizael.

—Yo opino lo mismo —secundó Andrew.

—Yo estoy con el elfo y el sieger, así que la mayoría gana. Si tú decides ocuparte del entrenamiento nada más... —dijo Einar y Harald lo interrumpió.

—No voy a quedarme atrás si ustedes se aprovechan de la situación.

—No nos estamos aprovechando. Haremos lo que se supone que hiciéramos en un principio, solo que ella no lo sabrá —explicó Elizael.

—Suerte para todos caballeros, que triunfe el mejor —dijo Andrew.

Sabrina se encontraba esa noche preparando la fogata cuando Mathew se le acercó.

—Repíteme quiénes son esos cuatro —dijo señalando a los príncipes que estaban cerca del área practicando su magia.

—Vienen a entrenarme —ambos miraron a los príncipes que hacían alarde de su magia e ilusiones creando dragones en el aire, figuras de agua, flores y luces—. Son magos, ¡Magos reales! ¡Y uno de ellos se parece a Thor... a Thor! —exclamó conteniendo un grito.

—No lo sé, parece que quieren impresionarte. No me convencen. No te dejes engatusar de ellos Sabrina.

—No señor, no lo haré, pero... si Thor...

—¡Dije que NO!

—Ya ya. Además, vienen a entrenarme.

Mathew se retiró a buscar más leña mientras no separaba la vista de los príncipes que seguían haciendo alarde de su magia. Einar notó los gestos incómodos de Mathew y le intrigó la manera de comportarse del humano. Cuando Mathew colocó más leña a la pila de madera y se levantó Einar ya se encontraba a su lado recostado sobre la pared de leños.

—Dicen que eres humano —dijo asustando a Mathew—. Lo siento no quise asustarte, es que nunca había visto a un humano tan cerca.

—Ni yo a un verdadero mago, por así decirlo.

—Te criaste con el Fénix, según oí.

—¿El Fénix?...Sabrina es humana para mí, al menos lo fue hasta que se reveló quien era. Si me permite decirle, es muy curioso.

—Te permito, y sí, soy muy curioso —Einar le extendió la mano a Mathew y al estrecharla lo miró directo a los ojos—. Soy Einar, del clan mächtig, el mismo clan de donde viene el Fénix.

—Sí... claro, soy Mathew.

—Sí, ya lo sé. Nos seguiremos viendo humano —dijo el mächtig volteando y retirándose.

Mathew se quedó anonadado, algo molesto y confundido al mismo tiempo. Ese tal Einar era muy entrometido.

Al día siguiente, antes del amanecer, Sabrina se levantó con el sonido de alguien llamando a la puerta de su cabaña. Cuando abrió la puerta vio a Einar muy sonriente.

—¿Sí? —preguntó Sabrina ajustándose su bata de baño y bostezando.

—A levantar milady ya es hora de entrenar —saludó Einar.

—¿Acaso no sabes que aún es de noche? —hizo notar Sabrina bostezando nuevamente.

—Princesa tenemos que aprovechar todo el tiempo que podamos. Vamos está a punto de amanecer —dijo Einar alejándose de la cabaña.

—Creo que los voy a odiar más que a Caleb —masculló comenzando a vestirse.

Sabrina y Einar llegaron cerca de la cascada y se sentaron en unas rocas enormes. Einar respiró hondo estirando los brazos y Sabrina lo miró diciéndole.

—Bueno y ¿qué haremos hoy profesor?

—Féni...

—No, no no no no, llámame Sabrina por favor.

—Sabrina, lo siento. ¿Qué sabes de la magia de los mächtig?

—Sinceramente no mucho. Sé que su magia tiene que ver con fuego.

—Exacto. Nuestro elemento es el fuego, por eso en nuestras tierras forjamos las armas de casi todo el reino de Égoreo. El fuego debes sentirlo en tus venas como la lava de un volcán en erupción —explicaba Einar demostrándole con su magia un dragón de fuego.

—¿Y por qué el dragón? —preguntó Sabrina curiosa.

—Es lo que —contestó Einar mirándola con cara de "obvio".

—Estás diciendo que eres un ¡DRAGON!

—¿No lo sabes? Tú eres el Fénix.

—Ya basta con lo del Fénix por favor.

—De acuerdo —dijo Einar aclarando su garganta—. También aprenderás a leer y percibir los pensamientos.

—¿De todos?

—Sí pero hay reglas. No debes hacerlo constantemente, eso sería invasión a la privacidad. Solo es cuestión de seguridad.

—Estoy confundida, me vas a enseñar a leer la mente ¿pero no debo hacerlo?

—Exacto, eres muy buena aprendiz —dijo Einar con mucho orgullo.

Sabrina lo miraba incrédula sacudiendo su cabeza.

—¿Sabes algo? me has confundido más.

—Así pasa a veces. Pero primero lo primero. Fuego, dragón, mächtig. En algo somos semejantes al Fénix, y eso es... —Einar hacía un gesto para que Sabrina le completara la oración.

—¿Fuego?

—¡Eureka!, por eso nos encontramos en las cascadas.

—No entiendo...

—Me advirtieron que aún no controlas tu poder.

—Ahora sí entiendo, el agua.

—¡Bien! —dijo Einar poniéndose de pie y desapareciendo de su lado transportándose hasta el claro que había cerca del agua—. Ven, comencemos.

Sabrina comenzó a bajar de las rocas donde estaban y Einar la miró extrañado.

—¿Qué haces?

—Me dijiste que bajara para comenzar, y no, no sé tele trans-portarme —dijo Sabrina al ver la cara de confusión de Einar.

—¡Leíste mi mente! —cruzó los brazos sobre su pecho.

—No, leí tu rostro que es diferente —respondió Sabrina ya llegando hasta donde él.

En el campamento Body estaba mirando hacia el bosque con preocupación. Recordó que esa madrugada observó al príncipe mächtig buscando confundido las cabañas.

—¿Puedo ayudarle en algo príncipe? —preguntó Body bajando del techado.

—La cabaña del Fénix. Debo comenzar su entrenamiento.

—Es esta, pero aún es muy temprano.

—¡Al que madruga el Creador le ayuda! —exclamó Einar entu-siasmado—. Gracias por la información guardián. ¡Ah! En adelante deberás estar un poco más alejado.

—¿Por el entrenamiento?

—Sí… y además porque el cortejo ya ha comenzado. Ahora nos toca a los príncipes actuar —dijo ya frente a la puerta de la cabaña donde se encontraba Sabrina.

Se detuvo cuando fue a tocar la puerta y volvió a observar a Body. Alzó sus cejas esperando a que el sieger se marchara. Body entendió el mensaje y se retiró. "El cortejo ya ha comenzado". Por alguna razón esas palabras le incomodaban. ¿Por qué no podía dejar de pensar en las palabras del mächtig? En ese momento Mathew llegó buscando a Sabrina.

—Body, Sabrina no se presentó a desayunar ¿sabes dónde se encuentra?

—Está entrenando con el príncipe mächtig —dijo sin cambiar su vista.

—¿El curioso pelirrojo? —preguntó Mathew con irritación en su voz.

Comenzó a caminar en dirección al lugar donde Body había señalado que se habían dirigido, pero al pasar por el lado del sieger, éste lo detuvo por el brazo.

—No debes interferir en su entrenamiento.

—No sé qué piensas tú de esos cuatro "príncipes", pero me da la impresión que vienen a algo más que entrenarla.

—No está en mi posición dar mi opinión.

—¿No está en tu posición?, si desde que te conozco...

—No conoces nuestras costumbres Mathew. Sabrina debe concentrarse para que pueda controlar todo su poder. Y tú debes entrenarte por separado —dijo Body en un tono serio.

—¿Intentas alejarme de mi amiga? —preguntó Mathew desafiante.

—Nunca contestaste mi pregunta en la Tierra, ¿Cómo ves a Sabrina?

—Nuestra relación no te compete.

Body se volteó para verlo directamente a los ojos y enfrentarlo. La contestación de Mathew lo había enojado bastante, tanto que apretó el brazo de Mathew.

—Todo lo que tenga que ver con la Fénix me compete. Yo soy su guardián.

—Y yo, soy su Robin —dijo Mathew quitándole la mano de su brazo.

Body no entendía a lo que Mathew se refería y lo miraba extrañado. Mathew le pasó por el lado continuando su camino en dirección a donde se encontraban Einar y Sabrina. Al ver que él continuaba lo volvió a detener.

—Te dije que no puedes interrumpir su entrenamiento.

—Sabrina no ha desayunado —dijo Mathew molesto intentando avanzar hacia delante, pero Body volvió a detenerlo.

—¿Te irrito verdad? —preguntó Body con una media sonrisa.

—Creo que estamos de acuerdo en eso.

—Entonces luchemos ahora. A mí no me molesta perder el tiempo contigo, pero su tiempo es muy valioso.

—¿Insinúas que soy una pérdida de tiempo?

—Bingo.

Body se sentía frustrado pues tampoco podía estar presente mientras los príncipes la entrenaban. Ya sabía que ellos aprovecharían para cortejarla sin que ella se diera cuenta y Sabrina podía ser tan ingenua a veces que caería en los encantos de alguno de ellos. Para colmo su hermano mayor era uno de los elegidos y aunque lo sabía, al partir la primera vez de Égoreo, no había contado con haberse enamorado de Sabrina. Entonces Body se dio cuenta por primera vez; los celos, la preocupación, el querer protegerla no lo hacía solamente por su obligación como guardián. Poco a poco habían surgido en él esos sentimientos, sin forzarlos, sin quererlo, Sabrina ya se había adentrado en su corazón y eso era peligroso. Él no era uno de los elegidos, no estaba marcado. Todas esas frustraciones lo enojaban. Y para completar estaba este humano, que había estado con ella desde siempre y del cual ella sentía una unión singular. Por él se desesperaba, lloraba y sufría. Ese humano no era digno de ella. Mathew apareció en el momento preciso esa mañana para que Body descargara toda su frustración. La arrogancia de su "primo terrestre" lo había irritado. Ese sentimiento se incrementaba más cada vez que recordaba cómo Sabrina sufría por él, mientras se interesaba por otra chica.

Einar había comenzado su entrenamiento. Sabrina llevaba una lucha interna. Se sentía enfadada y con mucho coraje pero no sabía el porqué.

—No debes demostrar enojo, es un sentimiento natural, pero jamás debes demostrar a tu contrincante que estás enojada o molesta.

—No estoy molesta contigo.

—¿Entonces?

—No lo sé, solo lo estoy. Debe ser lo frustrante de no lograr nada con mi poder.

Einar se acercó y le extendió las manos. "Dame tus manos" dijo acercándose. Sabrina lo miró extrañada.

—Debes encontrar tu fuego interior.

Sabrina le dio la mano algo dudosa en lo que pasaría y observó que Einar le pedía sus dos manos. Es entonces cuando notó la marca del dragón en su brazo.

—No me había dado cuenta de tu tatuaje. ¡Me gusta!

—¿Tatuaje? —preguntó Einar bajando la cabeza para observarla.

—El dragón de tu brazo.

—Ah, no es una marca hecha a voluntad.

—¿Una marca de nacimiento? no son tan definidas. Yo tengo una, mira —dijo Sabrina levantando un lado de su camisa enseñando una marca de nacimiento en forma de ave que cubría parte de su costado.

Einar se sorprendió ante el gesto espontáneo de Sabrina y sonrojado le indicaba con la mano que bajara su camisa y le dijo.

—Aunque estoy tentado en estudiarla, mi dignidad de caballero no me lo permite —dijo de manera jocosa a lo que Sabrina se sonrojó y bajó su camisa de inmediato.

—¡Sorry!

—En fin, tampoco nací con la marca. El Creador, el destino, como quieras verlo nos marca con un propósito grande en nuestro mundo.

—Aah, por eso vinieron a entrenarme, porque son los marcados.

—.... eee digamos que es algo así. Ahora concéntrate, intentaré canalizar tu energía —dijo Einar posicionándose detrás de Sabrina agarrándole las manos y cerrando sus ojos para concentrarse—. Pongámoslo de ésta manera es...como puedo explicarte. Un volcán dormido que ha formado un bloqueo... va acumulando gases, lava, fuego y cuando ya no soporta la presión explota descontroladamente arrasando con todo a su paso. Un volcán que constantemente está arrojando lava no creará la energía suficiente para hacer una gran explosión. Si aprendes a canalizar tu coraje, controlarás tu flujo de energía, tu fuego y tu poder.

Sabrina sentía fuego arder en su interior, era como si tuviera coraje, celos, impotencia pero no comprendía el por qué sentir eso sin razón aparente. ¿Sería sentimientos acumulados por lo de Mathew y Amy? Sintió cosquilleo recorriendo desde sus pies hasta su cabeza y luego en sus manos. Sintió la voz de Einar potente en su cabeza como un trueno. "¡Contrólalo!", aún con sus ojos cerrados sintió que de sus manos salía fuego, cuando oyó a Einar nuevamente decir "¡Contrólalo!" abrió los ojos para ver dos dragones de fuego a los cuales agarraba por la cola. Sabrina se sorprendió tanto que perdió el control de los dragones y se dirigieron hacia la cascada haciéndose humo al contacto con el agua. Sabrina se miraba las manos incrédula. Luego miró con emoción a Einar quien le guiñó un ojo mientras sonreía.

—¡Otra vez! —dijo Sabrina con el entusiasmo de un niño.

En el campamento Mathew y Body se preparaban para batallar y se podía observar en sus miradas la tensión y el deseo de derrotar al otro.

—Caleb, ¿Qué están haciendo? —preguntó Rubí preocupada.

—Ambos quieren entrenar. No los puedo detener.

—¡Esto es una locura! —exclamó Rubí preocupada entrando a la cabaña.

—Yo le voy al sieger —apostó Andrew.

—Creo que el humano tendrá buena resistencia —opinó Harald

La batalla comenzó. Body estaba utilizando su fuerza y Mathew respondía a los ataques del sieger con su espada. Amy y Elizael salieron de la cabaña ante el aviso y la preocupación de Rubí.

—¡Padre! ¿Qué... —preguntó Amy y Caleb puso su brazo para detenerla.

—Es momento que el humano se transforme o morirá en Égoreo.

—Un humano no puede transformarse padre.

—Nunca oí de eso Caleb —Rubí estaba confundida. ¿A qué se refería con transformarse, si es un humano?

—Jamás será uno de nosotros, pero podrá lograr dominar algo de magia si libera su herencia, las cadenas de su sangre. Debe evolucionar, o morirá —explicó Caleb dejando a todos preocupados.

La batalla se intensificaba a cada minuto.

—¡Nunca me viste siquiera como un amigo! —gritó Mathew.

—Eres un simple humano nada más.

—Seré un humano pero daré todo lo que tengo y hasta mi vida por mis amigos.

—¿Amigos?,¿eso es Sabrina para ti? —preguntó Body en tono burlón.

—Sabrina es mi familia. Lo que compartimos jamás lo entenderías.

—Pues no lo entiendo.

—Pues sigue consumiéndote por los celos pensando lo que quieras.

Body se enfadó y arremetió con más fuerzas contra Mathew pero ciertamente se había vuelto más fuerte, estaba contestando los ataques y soportando. En un momento dado Mathew se veía cansado pero un halo color marrón comenzó a divisarse en su entorno, era leve pero Caleb logró verlo.

—Está sucediendo. Pero Boadmyel está perdiendo el control —dijo Caleb con preocupación.

Sabrina se encontraba nuevamente agarrando los dragones de fuego por la cola y estaba perdiendo el control de ellos. Einar se colocó tras ella tomando sus manos ayudándola a controlar el fuego.

—Visualiza tus dragones y trata de conducirlos hacia esa roca —dijo refiriéndose a una de las rocas a la orilla del río.

Sabrina cerró los ojos tratando de concentrarse y visualizó el dragón de fuego atacando la roca. Cuando abrió los ojos para observar si había logrado su cometido, vio las manos de Einar sobre las de ella emanado una luz color rojizo. Sabrina perdió su concentración y comenzó a mirar hacia su espalda donde se encontraba el príncipe. Sentía curiosidad al ver ese resplandor de luz. Además que la cercanía del joven príncipe la comenzó a poner nerviosa.

—¡Concéntrate! —ordenó Einar seriamente.

Sabrina dirigió su mirada hacia al frente y trataba de concentrarse. En un momento los dragones de fuego se voltearon contra ella.

—No permitas que te controle. Tú eres la dueña del fuego ordénale que destruya esa piedra.

La lucha entre Mathew y Body estaba cobrando intensidad. Mathew ya tenía una herida en la pierna que comenzaba a sangrar, pero eso no lo detenía.

—¡Ríndete! ya estas herido.

—Si me dejo vencer tan fácilmente por un rasguño no sería digno de llamarme guardián.

—Tú solo eres el guardián de la Tierra y ahí es donde deberías estar ahora.

—Según tu lógica, sin embargo el Creador me trajo hasta aquí. Y si todo tiene su propósito, tal vez el mío sea ser su guardián y no tú. También lo has pensado no lo niegues.

A la mente de Body comenzaron a llegar recuerdos al azar. Mathew abrazando a Sabrina, defendiéndola cuando él se burlaba de ella, las peleas y discusiones que tenían dentro del auto mientras Mathew intentaba enseñarle. Ciertamente ese humano tenía su presencia bien marcada en la vida del Fénix. Compartía recuerdos con ella que él aunque deseara no podría. No podía tener la oportunidad de estrecharla entre sus brazos para consolarla como lo hizo en la Tierra. No podía llevarla a una cita como lo hizo el día de la fiesta. Ahora todo eso estará en mano de los príncipes; tomarla de la mano, abrazarla y besarla. Body sentía una frustración que no entendía. ¿Cómo era posible que en tan poco tiempo esa pequeña chica rubia hubiera despertado todos esos sentimientos en él? ¿Cómo era que este humano insolente le sacaba en cara su desdicha aun sin saber el propósito de la llegada de los príncipes? Insinuar que el Creador lo había escogido a él, un simple humano, como guardián de la criatura más poderosa de Égoreo era simplemente ridículo. Tenía que darle una lección por su insolencia.

Body creó un torbellino de viento que levantó a Mathew cuatro metros sobre la tierra y lo dejó caer al suelo. Afortunadamente el entrenamiento que había tenido con Amy lo había dejado en buena condición física para controlar una caída de esa altura. Al caer Mathew rodó por el suelo para luego incorporarse sobre sus pies colocándose en posición de defensa. Su collar de ojo de tigre comenzó a emanar un brillo que rodeo todo su cuerpo.

—¿Eso es todo lo que tienes para ofrecer? Este simple "mortal" te está dando una buena batalla. Este "humano" te podría quitar el puesto cuando menos te lo imagines —dijo Mathew arremetiendo con su espada en contra de Body.

Sabrina observaba maravillada como la roca de su objetivo se había convertido en cenizas. Aun cuando los dragones de fuego habían desaparecido Einar seguía tras ella sosteniendo sus manos. Inclinó su cabeza hacia el oído de la Fénix.

—Muy bien princesa. ¿Sigo ayudándola? No me molestaría en lo absoluto. Estoy muy a gusto desde aquí.

Sabrina se sobresaltó dando un paso largo hacia el frente y volteándose frente a él le dijo.

—Ahora lo intentaré sola.

—Como guste princesa —dijo cruzando sus brazos y brindándole una guiñada.

Sabrina sonrío y comenzó a frotar sus manos preparándose para crear fuego. Sonreía sin esfuerzo alguno mientras lo hacía.

—Disculpa —dijo Einar interrumpiéndola pues oyó la voz del elfo que le dijo por telepatía: "Te estás perdiendo de una gran batalla entre el sieger y el tödlich. Comenzó a evolucionar".

—¿Qué sucede? —preguntó Sabrina ante el silencio de Einar que sólo la observaba.

—Nada, quería contemplar su sonrisa antes de que incendiara el bosque —dijo haciéndole una señal con la mano de que se volteara hacia la cascada.

—Muy gracioso.

—Ese es uno de mis encantos —dijo Einar prefiriendo quedarse en las lecciones con Sabrina que ir tras la información del elfo que lo más probable, era una distracción para restarle tiempo con la Fénix.

Body no podía entender de dónde el mortal había sacado tanta energía. A simple vista se veía ya vencido, pero su espíritu estaba lejos de ser derrotado.

—No sé cómo me llamas "simple humano", cuando un ser como tú está celoso de mí, como dices, de un simple humano —dijo Mathew sonriendo con la comisura de sus labios enfadando a Body.

Los recuerdos de la noche en que Sabrina se había descontrolado tras ver a Amy y Mathew juntos en el local de jiu jitsu volvieron a su mente. Recordó cuando Sabrina lloró al ver a

Mathew herido en el campamento. Estaba molesto y alzó su espada esta vez con furia hacia Mathew. No quería utilizar toda su fuerza para vencer al humano, pero ante la resistencia que estaba demostrando no le costaba más remedio que utilizarla. «De alguna manera tengo que hacerle entender que él no está destinado para el Fénix y que jamás podrá ser su guardián, porque su guardián soy yo». Body comenzó a crear un torbellino de viento arrastrando y envolviendo a Mathew dentro. La presión generada en el interior del torbellino lo estaba dejando sin aire. Amy estaba sumamente preocupada por Mathew. Si nadie hacía algo se asfixiaría y moriría. El pensamiento le causó un dolor en su corazón el cual no comprendía pero tenía que detener al sieger antes de que lo matara.

—Los detendré —dijo Amy a lo que Caleb la detuvo.

—No, no podrás detenerlos.

—Yo lo haré —dijo Elizael—. Boadmyel es un soldado, y yo su superior. No puede dejarse llevar por la ira o terminará cometiendo un crimen imperdonable.

Cuando Elizael se disponía a intervenir, Amy ya se había colocado entre el sieger y Mathew. No le importó desobedecer una orden directa de su padre ni tampoco esperar por la intervención del príncipe. Mathew estaba en peligro y eso era lo único que le importaba. Body se dirigía hacia el torbellino con espada en mano para dar su estocada, pero sintió un fuerte golpe en su brazo que le derribó la espada. El sieger cayó de rodillas aguantado su brazo que comenzaba a sangrar.

—Si quieres luchar con todo tu poder lo harás conmigo —dijo Amy enfrentándolo.

—No se entrometa capitana. Esto es entre él y yo.

—Soy tu superior y ordeno que te detengas.

En ese momento Elizael atrapó a Body por la espalda alejándolo del lugar y Amy se volteó corriendo hacia Mathew quien estaba siendo cargado por Harald y Andrew.

En lo alto de la montaña Elizael lanzaba a Body contra la tierra y este se levantó luego de haber rodado varias veces antes de incorporarse en posición de ataque.

—¿Qué ha pasado contigo Boadmyel?

—No entenderías, el humano...

—¿Esto tiene que ver con el Fénix?

—Deja a Sabrina lejos de esto.

—¿Sabrina?

—¿Ese humano insolente quién se cree que es? ¡Yo soy el guardián del Fénix, YO!

—¿De qué estás hablando?

—Ese humano idiota cómo piensa protegerla si él es el causante de su sufrimiento. No la merece.

—¿Y tú la mereces?

—YO... yo...

—¿Acaso estás oyendo lo que dices?, Es un humano, aunque es fuerte perdiste el control. Si continúas por ese camino serás presa fácil del Caos y entonces no podrás protegerla. Un soldado jamás debe perder su compostura. Es un humano, tu estas en ventaja. Sin embargo ibas a utilizar todas tus fuerzas en el ataque.

—No sabes lo irritante que puede ser a veces.

—Lo hubieras matado, ¿Estarías dispuesto a enfrentar la ley de Égoreo en mis manos si violabas la ley sagrada? —gritó Elizael a Body

Cerca de las cascadas Sabrina había aprendido a controlar parcialmente su fuego. Ya podía mantener una bola de fuego en sus manos por unos segundos sin que se desapareciera o perdiera el control.

—Aún no lo dominas por completo pero digamos que es un gran avance —dijo Einar.

—¿Un gran avance? esto es magnífico, es un avance extraordinario. Eres un genio Einar —dijo Sabrina mostrando los hoyuelos que se le formaban al sonreír.

Einar se perdió por un momento en la sonrisa de ella. Sus dientes blancos y esos hoyuelos que se le formaban le daban un aire de ternura y a la vez cierta hermosura. Tenía que aprovechar el momento y hacer su movimiento.

—Si supieras el desorden de emociones que me provoca su sonrisa princesa —dijo Einar acercándose al rostro de Sabrina.

Sabrina no podía pronunciar ninguna palabra pues el gesto del príncipe la había tomado por sorpresa. Cuando Sabrina recobró sentido de lo que pasaba el rostro del príncipe estaba muy cerca del de ella. Con delicadeza lo alejó con sus manos diciéndole.

—Con mucho respeto príncipe mächtig, por lo que puedo apreciar en Égoreo no está claro lo que es el espacio personal.

—¿Espacio qué? —preguntó Einar mirándola confundido.

En ese momento un dolor profundo invadió a Sabrina que la hizo caer al suelo gritando y agarrando su brazo. Einar la miraba alarmado y se acercó a ella.

—¡Sabrina! ¿Qué le pasa? —dijo preocupado tratando de aguantarla.

—Me duele, es como si me hubieran cortado el brazo no lo aguanto —dijo con lágrimas de dolor en su rostro casi sin poder contestar.

Einar la tomó en brazos y desapareció transportándose al campamento. Una vez llegaron, los gritos de Sabrina por el dolor en su brazo derecho llamaron la atención de todos.

—¿Qué le has hecho al Fénix en tu primer día? —preguntó Harald acercándose preocupado al ver a Sabrina agarrarse el brazo.

—¡No sé! Solo comenzó a agarrarse el brazo y a gritar que le dolía —respondió Einar colocando a Sabrina sobre el suelo.

—¡Sabrina, hija! —gritó Rubí acercándose a Sabrina asustada.

—Duele, me duele mucho —gemía retorciéndose de dolor.

—Pero no tiene nada. ¿Tendrá un coágulo? —preguntó Mathew quien ya estaba repuesto rebuscándole en el brazo.

—No es nada de eso —dijo Caleb—. Intentaré aliviar su dolor.

A partir de un corto periodo de tiempo Sabrina se sentía más aliviada. Andrew se le acercó dándole una taza de té.

—¿Se encuentra mejor princesa? Tome esto, le ayudará a calmar el dolor.

—Gracias —dijo Sabrina tomando la taza.

—Pasamos un gran susto, pero me alegra saber que usted ya está bien —dijo Harald sentándose al lado de ella.

—¿Dónde se encuentra Body? —preguntó Sabrina a Mathew que estaba frente a ella.

—Esta con Elizael —respondió Mathew.

—La lucha fue intensa entre él y Mathew —dijo Andrew sin antes recibir un codazo de Harald.

—¿Lucha? —preguntó Sabrina.

—La lucha fue entre Mathew y el sieger, pero estaban perdiendo el control y Elizael se llevó a Body —dijo Amy.

—¿Por qué? —preguntó Sabrina.

—Pudieron haberse matado —informó Andrew.

—¡Qué! —exclamó Sabrina casi poniéndose de pie, cuando Mathew la detuvo.

—Todo está bien Sabrina no te preocupes —dijo Mathew mirando a Einar quien lo saludó sonriendo y moviendo la mano—. Esos príncipes son muy entrometidos —susurró en el oído a Sabrina.

—Ellos están aquí para entrenarme; y tú —dijo mirándolo fijamente a lo que Mathew se intimidó y se puso derecho—. ¿Por qué rayos terminarían muertos?, ¿Qué les pasa? estamos en el mismo bando.

—Pregúntale a Body —dijo Mathew cruzando los brazos.

—Ellos peleaban por... —Andrew comenzó a explicar cuando Einar le hizo un gesto de que mejor se callara. El elfo sonrió y con sus manos moviendo en negativa dijo—. Nada, nada, son cosas de humano y sieger.

Harald bajó su cabeza en vergüenza ajena y miró a Einar diciéndole.

—Pero lo cierto es que el humano comenzó a evolucionar.

—¿En serio? —Einar miró a Mathew haciendo un gesto de aprobación con su mano y su dedo pulgar arriba

—Ese pelirrojo es raro —dijo Mathew en un susurro a Sabrina.

—¿Tú crees? a mí se me parece a ti —dijo Sabrina en un tono divertido.

Sabrina presintió un movimiento en el bosque y pensó que era Body que llegaba con Elizael, pero nadie se hacía presente.

—Einar, ¿Sólo ustedes pasaron por el portal ayer verdad? —preguntó Sabrina sin despegar los ojos del bosque.

—Sí, ¿Por qué la pregunta?

—Por nada —dijo Sabrina observando hacia al bosque.

—Necesitas descansar. Ven a la cabaña para que te acuestes un rato —dijo Rubí mirando a Mathew y Amy para que la ayudaran. Sabrina fue llevada a la cabaña por Mathew y Rubí quienes la sostenían por los brazos, y Amy los seguía. Los príncipes observaron hacia el bosque pues en ese momento vieron a Elizael y Body llegar. Observaron que Body sangraba del brazo derecho y vieron a Sabrina que se agarraba el mismo brazo. Estaban sorprendidos y algunos como, Andrew y Harald se notaban molestos. El mismo brazo, el dolor. Los habían visto cercanos cuando llegaron, pero ¿esto?... solo podía significar una cosa.

—Puedo explicarlo —dijo Body colocándose sobre una rodilla tan pronto llegó frente a los príncipes y notó sus expresiones.

Frente a la cabaña que llevarían a Sabrina se encontraba un joven alto de cabello rojizo y armadura dorada que al verlos, se dirigió hacia a Rubí desafiante. Iba a atacarla. Amy sacó su espada para defenderla, pero de un espadazo la lanzó lejos. Mathew soltó a Sabrina con delicadeza en el suelo y se interpuso para defenderlas pero corrió con la misma suerte. Aquel joven alzaba su espada ante la mirada aterrada de Rubí cuando se acercó gritando, "Traidora, El Fénix, ¿Tu hija?, nunca fuiste leal a Daven y eso te costará." Sabrina se levantó del suelo y se interpuso entre Rubí y Tamish. Cuando todos escucharon la conmoción se sorprendieron al ver a Sabrina. A pesar de su estatura y el dolor que sentía del brazo se estaba enfrentando a un mächtig del doble de su tamaño. Levantó su mano de donde salió un resplandor de fuego deteniendo la mano de Tamish que llevaba la espada. Harald a distancia pudo observar los ojos del mächtig y el asombro en ellos de ver a esa criatura pequeña poder detenerlo. Observó que iba a sacar una daga que llevaba a su cintura y le gritó.

—¡Tamish No. Ella es tu hermana, Irina!

Tamish y Sabrina al oír lo que el príncipe gelehrt había dicho se quedaron atónitos. Sabrina lo observaba con detenimiento sin soltar la mano con que sostenía la espada. Su rostro era conocido, conocido de un pasado distante. Tamish la observó con detenimiento y vio sus ojos. Los ojos de Sabrina comenzaban a cambiar a un color púrpura, entonces un recuerdo vino a su mente. Hubo un tiempo en que él corría por los bosques con su hermana de cinco años. Le leía cuentos hasta que se quedaba dormida en su regazo, le hacía bromas y luego de hacerla llorar la consolaba. Sabrina vio en los ojos del mächtig una sombra negra, algo que estaba en él pero no le pertenecía. Entonces fue como si se hubiera conectado a sus pensamientos. Estaba viendo sus recuerdos. Vio todo lo que él recordaba de la pequeña Sabrina, pero también vio un ataque de orcos, un cuerpo cubierto con mantas y un dolor inmenso en su pecho. Vio el recuerdo del rey Nathaniel y Rubí abrazados en un cuarto de palacio y la sombra en su interior volvió a querer apoderarse de él. El Caos hacía que solo recordara lo triste, lo que causaba dolor. En un segundo Sabrina comenzó a brillar y parecía estar en un trance. Tamish soltó la espada dejándola caer en el suelo y cayó de rodillas sin ser soltado por ella quien ahora estaba envuelta en una luz potente. Entonces, una explosión de energía se presenció. Una sombra negra salió del cuerpo de Tamish y desapareció adentrándose en el bosque. El mächtig miró a Sabrina ahora con sus ojos color miel, lloraba, estaba desconsolado. Sabrina con sus ojos color púrpura bajó la cabeza para verlo. Soltó su mano y la colocó en su mejilla enjugando sus lágrimas. Ella sonrió y le dio un abrazo. Tamish la abrazaba como si no quisiera soltarla y Rubí solo gimoteaba en el suelo. Todos estaban sorprendidos, incluso Mathew que observaba a la distancia ayudando a caminar a Amy. La luz que envolvió a Sabrina y a Tamish se fue atenuando y ella se desmayó en los brazos de su hermano.

—¡Rápido llévenla a la cabaña! —gritó Caleb.

Acto seguido Tamish tomó a Sabrina en sus brazos y corrieron a la cabaña. Mathew, Rubí y Amy entraron. Caleb, antes de entrar tras ellos, se volteó hacia los príncipes.

—Esperen fuera de la cabaña por favor. Les informaré cuando esté mejor.

Al Caleb cerrar las puertas tras sí, los príncipes se voltearon a ver a Boadmyel. Vieron su brazo derecho sangrar y recordaron que la Fénix se agarraba su brazo derecho en dolor, entonces la resolución de lo que sospechaban se marcó en sus rostros. Elizael le hizo señas a su hermano para que hablara. Body no podía esconder más lo que había acontecido y nuevamente se colocó de rodillas frente a los príncipes de Égoreo. El sieger bajó la cabeza en reverencia y comenzó a hablar.

—Puedo explicarlo...

Continuará…

GLOSARIO

1. Unverschämt - Imprudente.
2. Unverchämter zwerg - Enano Insolente.
3. Tödlich - Mortal.
4. Poltergeist - Fantasma que hace ruido.
5. Mächtig - Clan de los Dragones.
6. Gelehrt - Clan de los Sabios.
7. Sieger - Clan de los Guerreros.
8. Zauberer - Clan de los Elementales.
9. Shützend - Protectores de la Familia Real.
10. jiu jitsu - Arte marcial Japonés.
11. Wächter - Guardian.
12. Es ist zeit für dein ziel - Es hora de tu objetivo.
13. Misogi - Ritual Japonés de purificación bajo una cascada.
14. Yagrumo - Un árbol representativo de la zona tropical. Se caracteriza por tener dos colores en cada cara de sus hojas.

Muchas palabras de las que se presentan aquí son de origen alemán.